講談社文庫

リバース

湊 かなえ

講談社

目次

リバース

第一章

『深瀬《ふかせ》和久《かずひさ》は人殺しだ』

いきなり突き付けられた息の根を瞬時に止めてしまいそうな言葉を、どうにか受け止めることができたのは、今日一日の流れがここに収束するのではないかという予感が、胸の片隅に無意識のうちに芽生えていたからかもしれない。

＊

フロントガラスに雨粒が落ちた。一滴、二滴、と薄茶色の一円玉大のしみができるのを見て、透明だと思っていたガラスに、実は薄く土埃《つちぼこり》がたまっていたことに、深瀬和久は気が付いた。続いて数滴、同じ模様が描かれたが、ワイパーを動かすにはまだ少し早い。おそらく、それまでに目的地へ到着するはずだ。

紳士服の量販店やファミリーレストランの並ぶ国道の交差点を曲がり、県道に向かって数百メートル入っていくと、神奈川県立楢崎《ならさき》高等学校の校門が見えてきた。ニシダ事務機株式会社の営業マン、深瀬の担当エリアにある得意先の一つだ。白い車体に青色で社名が描かれた車を、本館玄関脇の来客用駐車スペースに停めた。雨はまだ、パラパラとガラスにしみを作る程度だ。ダッシュボードから社員証を取り出し、首にかけてから、助手席に置いてある薄い段ボール箱を片手で小脇に抱えて、玄関まで走った。

楢崎高校へは入社して二年三ヵ月、週に一度は訪れているため、会釈のみで事務室前を通過することができる。足を止めることなく、同じ館の一階にある職員室へ向かった。午前十一時、三時限目の授業中のため、廊下を行き来する教師や生徒の姿はない。七月に入り、エアコンが稼働するようになってからは、窓もドアもすべて閉ざされている。ドアには『期末考査期間のため、生徒の立ち入りを禁止する』という貼り紙がしてあった。

用があって訪れているのに、留守宅に忍び込むようにそっとドアの取っ手に手をかけ、少し持ち上げるようにしながらゆっくりとスライドさせた。わずかな隙間から痩身をすべり込ませ、音をたてずにドアを閉める。『三年生』のプレートが下げられたエリアの一番奥の席に、浅見康介《あさみこうすけ》の姿が見えた。ノートパソコンと教科書を交互に眺めながら指を動かしている。浅見は社会科の教師だ。浅見の後ろに立ち、十字軍の遠征、世界史だなと気付いたところで、浅見が椅子ごと振り返った。

「お、深瀬。声かけてくれよ」

「邪魔しちゃ悪いと思って」

「ホント、おまえは気配消すのが上手《うま》いよな。ファイル、もう、持ってきてくれたのか」

浅見からファクスで紙製のA４ファイル十冊の注文を受けたのは一時間前だ。

「これくらいの数なら、会社の倉庫に揃《そろ》ってるからね。全部、ピンクでよかったんだよな」

深瀬は抱えていた段ボール箱を浅見に渡した。浅見がそれを膝の上で開く。

「夏休みの補習用だから、他の科目と区別がつきゃ何色でもいい。たったこれだけなのにわざわざ届けてもらって、申し訳ないな」

「少ない数でもちゃんとうちに注文してくれて、ありがたいよ」

浅見が箱の中から伝票を取りだした。一冊、七十円、税込で計七百五十六円だ。車で片道四十分かかる会社からわざわざ取り寄せなくても、学校から徒歩十分のところにあるスーパーマーケットの百円均一コーナーでは、同じ機能の商品が三冊百円で売られている。買いに行くのが面倒なら、格安の文具通販サイトにネット注文すれば、翌日には配送されるはずだ。学校は安く購入する工夫をしない。

保護者の中には特定業者との癒着だと糾弾《きゆうだん》するものもいる、と浅見から聞いたことがある。そのときは、返す言葉を見つけることができなかった。深瀬自身、なぜうちに注文するのだろう、などと思いながらこの仕事をしていたからだ。だが、浅見は深瀬の返事を待たずに続けた。

――百均やユニクロは個人で活用するためにあるんだ。何が癒着だ。役場や学校といった公的機関には地域に根差した会社や店を守る役割があるってことを、考えてみたこともないんだろうなあ。持ちつ持たれつ、なのに。

なるほど、公務員こそが税金で養われていると思っていたが、小さな会社で働く自分もまた社会の暗黙の了解の中で生かされているのだな、と痛感した。

「じゃあ、また。何かあったら、いつでもよろしく」

ノートパソコンの画面がスクリーンセーバーに替わったのが頃合いだ。おう、と浅見も片手を上げ、段ボール箱を足元に置いて、椅子の向きを机の正面に戻した。

ドアの手前で、そうだ、と声をかけられ、振り向いた。

「近いうちに時間作れないか？　村井《むらい》が久々に皆で飲もうってさ。おまえにも会いたがってたぞ」

　ああ、と笑いながら答えてみたものの、声が出ていたのか、笑顔になっていたのかすら、自信がない。イベントを提案するのは、いつも村井だった。だが、村井が自分の名前など出すはずがない。前回会ったのは一年前だ。しかも、楽しいイベントではなかった。浅見の方から職場でたまに顔を合わせるよしみで名前を出したのかもしれない。その浅見ですら、本心で誘っているわけではないのだろう。

　深瀬は酒を一滴も飲めない。

　廊下に出て、雨が本降りになっていることに気が付いた。

「ニシダさん、グッドタイミングです」

　職員室横の印刷室から女性教師が顔を覗《のぞ》かせた。今年四月に赴任してきた木田瑞希《きだみずき》という国語の教師だ。ファイルやペン習字用の道具を何度か届けたことがあるのに、深瀬のことをいつも会社名で呼ぶ。が、訂正するのも面倒くさい。

「どうかしましたか？」

「印刷機に変なマークが出ちゃって」

　印刷室に入り、デジタル印刷機の表示画面、木田の指さす先を見た。いつものことだ、と込み上げてきたため息を飲み込んだ。変でもなんでもない。

「これは、マスター取り換えのサインですね」

「マスター？」

「版になるロール紙です」

「そうなんですか。って、これ、自分で換えなきゃいけないんですか？」

「今は僕がやるので見ていてください。簡単だから、すぐに覚えられますよ」

深瀬は印刷機横に置いてある小型の段ボール箱から新しいマスターを取り出した。印刷機の蓋《ふた》を開ける。木田は、すみません、と申し訳なさそうに隣に立って深瀬の手元を覗き込んでいるが、いえいえ、と笑い返すことができた。今日はこのために呼ばれたわけではない。印刷機が壊れたので大至急来てほしい、という電話を受けて駆け付けると、マスターやインクローラーなどの交換や、ただの用紙詰まりだったということは、一度や二度ではなかった。

「ところで……」

木田が一歩体を寄せ、作業をする深瀬に視線を合わせてきた。もしや告白でもされるのだろうか、などと期待を抱くことはない。そんな楽観的な想像力は十代の前半にはすでに手放していた。

「浅見先生とニシダさんって、親しいんですか？」

思った通りだ。視線を手元に落としたまま答える。

「大学の同級生です。ゼミが一緒で」

「へえ……」

切れた先の言葉を想像してみた。結構いい大学を出ているのに、あなたはこんなに冴えない会社で働いているんですね。しかし、木田はにんまりと笑みを浮かべ、深瀬との距離をさらに一歩縮めてきただけだ。

「浅見先生って、彼女とかいるんですか？」

顔を上げると、木田の頰は真赤に上気していた。

「いや、生徒達の間で最近、女の人と二人でいるのを見たっていう噂があって……。なんか、本人に直接訊いた子が言うには、ただの知り合いだそうなんですけど、でも、ねえ、どうなんでしょう？」

木田の顔を見ないようにしながら、はい終了、というふうに印刷機の蓋を閉めた。ついでに排版ボックスの中も空にしておく。インクローラーの予備も確認した。まだ十分にある。

「込み入ったことまではよくわからないけど、僕はそういう話を聞いたことないですね。いつも仕事のことばかり。学生の時から、本物の教師になりたい、って言ってましたから」

「そうなんですね。確かに、他の先生たちとは仕事に取り組む姿勢が違いますもん。あ、わたしがこんなこと言っちゃダメですよね。でも、さすが、お友だち」

友だち、ではない。たまたま、四年生から同じゼミに所属していただけだ。それまでは、同じ学科なのに口を利いたこともなかった。向こうは名前すら知らなかったのではないか。

「では、また、何かありましたら、いつでもご連絡ください」

まだ何か問いたそうな木田に背を向け、急ぎ足で印刷室を出た。同じタイミングで、浅見も職員室から出てきた。テストか教材プリントが完成したのか、Ａ４サイズのコピー用紙を数枚、片手に持っている。

「何だ、まだいたのか」

「印刷機をね。もう、帰るよ」

やましいことは何もないが、浅見のいないところで学生時代の浅見について話したことに、少しばかり罪悪感を覚え、窓の外に視線を移した。雨はさらに強くなっている。浅見も同じ方に目をやった。

「気を付けろよ」

目が合うと、浅見はコピー用紙を手にしたまま、ハンドルを握るポーズをとった。

「台風が接近しているらしい」

「ありがとう。そうだ、村井にもよろしく。俺は週末ならいつでも大丈夫だから」

今度は素直に伝えることができた。雨を見て同じことを考えているのなら、浅見は友だち、いや、仲間だ。そして、おそらく、この時期にゼミの同窓会を提案した村井も。

町の景色が灰色に変わるほど、雨脚は強くなっていく一方だ。しかし、カーラジオから警報発令のニュースはまだ流れていない。警報が出たところで、仕事を切り上げられるわけでもないのだが。外の様子とは裏腹に、もうすぐ夏休み、という特集にちなんだ軽快な音楽が流れている。ワイパーをフルパワーにしても、見通しは悪く、ハンドルを握る手にいつも以上の力がこもった。それでも、あの後、浅見は印刷室に入ったが、木田はどんな顔をして迎えただろう、と想像してみるくらいの余裕はあった。

実際のところ、浅見に彼女はいるのだろうか。

浅見の携帯番号もメールアドレスも知っているが、それらのツールではまったく連絡をとっていない。職場に注文が入り、配達に訪れた際、浅見に余裕があるときは、コーヒーでも飲まないか、と向こうから誘ってきて、進路指導室などの来客用スペースで二人向き合うこともたまにはあるが、彼女の話など、一度もしたことがなかった。

仕事中という意識もあるのだろうが、新人教師として楢崎高校に赴任した年から一年生の担任を受け持つことになった浅見は、そのときどきに抱えている問題について、一方的に深瀬に話すだけだった。それは、一学年ずつ持ち上がり、三年生の担任になった今でも変わらない。夏休みの補習も、浅見が自主的に行うものだという。相談ではない。浅見は頭の中で考えていることを口に出して整理しているのだ。そうすることで自《おの》ずと導かれた答えを、再び口にして確認をする。目の前にいるのが深瀬である必要はない。ただし、深瀬に話すということは、職場の外に仕事の悩みを打ち明けることができる相手がいないとも考えられる。

ということは、彼女もいない。友人も、いない？

思い上がったことを、と深瀬は軽く首を振った。自分が他人から必要とされる人間だとでも思っているのか。胸の内にため込んだことは、たった一人、大切な人が聞いてくれるだけでいい。そう考えているのは自分のような人間だけで、自ら歩み寄らなくとも、常に誰かしらに囲まれている浅見のような人間は、話したいと感じたタイミングで目の前にいる人に、それが誰であろうとも、何の抵抗もなく、内面の一部を見せることができるに違いない。

だから、高校教師という職業に対する浅見の熱い思いを、たかだか同じゼミというだけの存在である深瀬でも、知ることができたのだ。

明教《めいきょう》大学経済学部経済学科、山本《やまもと》ゼミに所属していた学生は深瀬を含めて五名だった。理系とは違い、毎日、ゼミに出席する必要はない。研究テーマも個別に用意されていた。そのため、年度初めから、バイトだ、会社訪問だ、と全員が揃う日はほとんどなかった。深瀬と浅見が研究室でたまたま二人きりになったのは、五月の連休明けのことだ。互いが自分の席でノートパソコンに向かう中、先に口を開いたのは浅見の方だった。

——教授がいない日まで来てるんだから、深瀬ってホント、マジメだよな。

——浅見だって。

——俺は来週から教育実習だから。

母校である高校に二週間通うという話は、皆でいるときに聞いていた。

——そうだったな。浅見、会社は受けないのか？

こんな質問ができたのは、深瀬が志望していた都市銀行、三行の一次試験にいずれも合格していたからだ。思えば、これまでの人生において一番自信に満ち溢《あふ》れていた、ささやかな期間だったかもしれない。

——教職一本だ。

浅見は間髪《かんはつ》を入れずに断言した。深瀬の中でゼミ生五人は派手グループの三人と地味グループの二人に分けられていた。浅見は派手グループの方に属していたが、三人の中では口数の少ない方だと思っていた。派手グループの二人が騒いでいるのを、微笑《ほほえ》ましそうに眺めている。とはいえ、蚊帳《かや》の外にいるのではない。頼りにされる兄貴分、そんな印象だった。しかし、そのときの浅見は深瀬が、へえ、と相槌《あいづち》を打っただけで、進路についてそれ以上は訊《たず》ねていないのに、自ら、教職を目ざした理由を語り出した。

浅見の父親は高校の教諭をしていた。だが、幼い頃から父の背中を追いかけていたわけではない。むしろ、教師にだけはなりたくないと思っていた。毎晩の帰りが遅いのは当然のこと、野球部の顧問をしていた父親は甲子園を目指せるような強豪校でもないのに、休日も部活の指導に朝から晩まで精を出していた。盆や正月といった貴重な休みの日に家族旅行に出かけても、担任をしている生徒が万引きで補導されたという連絡を受け、家族を残して一人帰ってしまうのも、珍しいことではなかった。自分の家族に背を向けて、人生でたった数年すれ違うだけの余所《よそ》の子どもばかり優先している父親を軽蔑した時期もある。

——生きている親父を尊敬したことなんか、一度もなかったなあ。だけど……。

浅見の父親は、浅見が大学に進学した年の秋に亡くなった。葬儀は平日だったにもかかわらず、葬儀会場に入りきれないほどの弔問客《ちょうもん》が訪れたのだという。皆、父親の教え子たちだった。一人一人が、浅見や母親に、恩師との思い出を力強く語った。

——俺の知らないことのはずなのに、話の中の親父の姿を全部思い浮かべることができたんだ。いい人生か悪い人生かなんていうのは、死んだあとで初めてわかるんじゃないかと俺は思う。どれだけの人たちに、出会えてよかったと思ってもらえるかで、この世に生まれてきた意味も価値も決まるんじゃないかって。だから、俺はたくさんの人たちと関わりたい。親父のように、本物の教師として、誰かの人生の一瞬一瞬に全力で寄り添いながら、俺が生きたっていう証を残したいんだ。

このときも、ふうん、と間の抜けた相槌を打ったような気がする。浅見に圧倒され、何も言葉が出てこなかった。

――なんて。今ちょうど、教育実習日誌の志望動機の欄を書いてたもんだから、つい、熱く語っちゃったよ。

少し照れた様子で、浅見は肩をすくめて笑った。気の利いた言葉を返せなかった上にフォローまでされたことが気恥ずかしく、コーヒーを淹《い》れるよ、と席を立った。研究室の片隅には給湯コーナーがあり、湯沸かしポットとコーヒーメーカー、各自が持参したカップが並べてあった。

――同じ豆と機械なのに、深瀬が淹れると旨《うま》いんだよな。

慣れない褒め言葉は苦手だが、これだけは例外だった。鼻歌を口ずさみながらコーヒーを淹れ、その後も少し話したが、進路の話題に戻ることはなかった。

あのとき……。深瀬はハンドルを握り直した。

息苦しさを覚え、社員証を首からかけたままだったことに気付いた。印刷室での作業中にそうなってしまったのか、ヒモがらせん状に何重にもからまっている。だが、これだけが原因ではないこともわかっている。自分は何をしているのだろう。たった十冊のファイルを時間をかけて配達し、印刷機のマスターを換える。誰でもできる仕事。お情けで成り立っている会社。

あのとき、自分も将来についての思いを浅見に語ればよかったのだ。銀行員という職業に対して、浅見ほど熱い思いを持っていなかったが、他人に語ることで、ぼんやりとしたライフプランの中心に、核になるものを見つけることができていたかもしれない。もっと単純に、面接の練習くらいにはなったはずだ。そうすれば、どこか一つくらい、内定を得ることができていたかもしれない。

かもしれない、かもしれない、かもしれない。

これといった目的のない日々の中で、この言葉だけは使うまいと、唯一心に決めていたことなのに、頭の中では常にこの六文字が渦を描くように居座っている。

ダメだ、ダメだ。信号待ちで止まったタイミングでダッシュボードからガムのケースを取り出すと、蓋を開けて無造作に、上向きにした口の上で振った。バラバラと口内に落ちてきたガムをひとまとめにするように嚙《か》みしめる。

思考がマイナスへと向かっているのは、雨のせいだ。しかし、よく考えてみろ。深瀬は自分に言い聞かせる。

今の俺は不幸じゃない。むしろ、人並みに、ようやく幸せになれたんじゃないか。

雨音をかき消すように、ラジオのボリュームを上げた。ゆずの『夏色《なついろ》』だ。こんなに陽気な音楽が流れていたのに、自分はグダグダと何を考えていたのだ。リズムに合わせてガムを嚙むと、雲間から光が差し込むように美穂子《みほこ》の顔が頭に浮かんだ。盆休みに、旅行に誘ってみようか。付き合って約三ヵ月、そろそろそういう仲になってもいいはずだ。どこがいいだろう。沖縄、北海道、ハワイは予算不足か。

『それではここで、洋楽に行ってみましょう。夏といえばやっぱり、これ』

聞き覚えのあるイントロが流れ出した。しかし、アーティスト名もタイトルも思い浮かばない。洋楽には疎《うと》い方だが、この曲は何度も聴いた。車の中で。

あの日……。洋楽好きの谷原《たにはら》が編集してきたMDの最初に入っていた曲だ。

——谷原スペシャル、夏バージョン！

そう言って助手席で熱唱する谷原に、いい加減にしてくれよ、とあきれたように文句を言ったのは、運転席の浅見だった。

——何だよ、おまえが眠くならないように、盛り上げてやってるんじゃないか。なあ、皆で歌おうぜ。

谷原が後部座席を振り向いた。洋楽なんて無理だよなあ、と深瀬は隣に座る広沢《ひろさわ》にぼやいた。しかし、意外にも広沢は、これならいけるかも、とアーティスト名とタイトルを教えてくれたではないか。英語の時間に聴いたことがある、と言って。

ザ・ビーチ・ボーイズの『サーフィン・U・S・A』だ……。

ニシダ事務機株式会社は、オフィス機器及びオフィス家具の販売、レンタル、メンテナンス、事務用品の販売などを主に行う会社だ。社に戻ると、待ってたよ、と部長の小山《こやま》が帳簿から顔を上げて深瀬を迎えた。仕事の用でないことは、小山や他の社員の顔を見ればわかる。従業員十八名のこの会社では、個室を持っているのは社長のみで、あとの社員はワンフロアに机を並べている。入社三年目でも一番若造の深瀬が先輩社員たちから期待されていることはただ一つ。

コーヒーを淹れることだ。とはいえ、特殊な機械を使うわけではない。深瀬が入社した年に買い替えたという家電量販店で五千円以下で売っているコーヒーメーカーが、給湯コーナーの中央に鎮座している。だが、コーヒー豆は深瀬が持参したものだ。ローストされた豆の状態で購入し、淹れる直前に、これもまた深瀬の私物である手動ミルで挽《ひ》く。当初は自分のためだけに淹れていたのだが、十杯分まで沸かせる機械では、一杯分よりも複数杯分作った方がおいしくできるため、ついでにどうぞ、と希望者を募っていくうちに、社員全員が、深瀬のコーヒーを待ちわびるようになった。今では、一日に一度、深瀬が出社している社員全員分のコーヒーを淹れることが暗黙の了解となっている。

一杯百円。その金で豆を買ってくるので、各自飲みたいときに自由に使ってください、と提案したこともあったが、豆の種類やローストの具合により挽き方も変わってくるため、少々値が張る豆をシロウトが扱うのはもったいないという意見が多数を占め、深瀬がいないときは、量販店で購入した可もなく不可もないものを使うことに決まった。

そのため、今日のように午前中から社外へ出たときは、ただ帰ってきたというだけで、温かく迎えられるのだ。

一息つく間もなく、深瀬は自分の席に着き、引き出しからコーヒー豆の入った袋とミルを取り出して、ゴリゴリと挽き始めた。一瞬のうちに香りがフロア内に広がる。

「俺、今週は初めてだな。どこの豆？」

小山が自席から声を張り上げた。一巡目でもらうぞ、と周囲への軽い牽制《けんせい》も兼ねているはずだ。

「ケニアです。オレンジやビターチョコレートのような風味が特徴ですね。他の豆より深煎りされてるので、苦みを強く感じると思います」

「おおっ、俺好みだな」

「私はこの前のがよかったわ。どこのだっけ？」

深瀬の向かいの席の女性社員も加わった。

グアテマラよ、と深瀬が口を開く前に、深瀬の隣席の社員が答えた。ピーチっぽい香りがいいのよね、深瀬くん、などと深瀬を中心に話題が広がっていく。輪の中心、人生において初めての経験だった。

コーヒー代は、コーヒーメーカーの横に置いてある貯金箱に、コーヒーをカップに注《つ》いだ人が自分で入れる決まりになっているため、商売をしているような感覚ではないし、豆の値段をいちいち報告することもない。予算的にはワンランク質の下がるブレンドがトントンで、かつ、ブレンドでも量販店で売っている一番高い豆と比べても品質は数段上なのだが、週ごとに違う種類の上質な豆を購入するのは、一日の中のほんの数分であっても、輪の中心にいるためだった。

お先にどうぞ、と先輩社員に譲っても、一巡目の一杯目を深瀬が自分のカップに注いでから、皆が列を作り始めることも嬉しかった。

冴えない取り柄かもしれないが、そのおかげで自分の居場所が存在する。

深瀬の行為を喜んでくれる人たちがいる。

こんな大人数ではないが、社会人になる前にも、喜んでくれたヤツがいた。教授も含めてゼミのメンバー皆が褒めてくれていたが、これまで飲んできたどのコーヒーよりもおいしい、と称賛してくれたのは、たった一人だ。

きれいさっぱり忘れてしまうことができればどんなにラクになれるだろうかと、幾夜も頭を掻《か》きむしった忌《い》まわしい出来事が、ふとした拍子に頭の中でゆっくりと首をもたげてきても、コーヒーを飲むと、わずかにではあるが緩和される。だが同時に、無力感にも襲われる。自分はあの程度のことしかできなかったのだ、と。

せめて、もっと旨い豆で淹れてやりたかった。

〈パール・ハイツ〉に深瀬が越してきたのは、〈ニシダ〉へ就職したのと同時にだった。風呂付、六畳のワンルームで家賃六万円。学生時代に住んでいたアパートは、同じような間取りで家賃四万円という好条件の上、会社へは地下鉄一本で行くことができた。だが、目に見える形で学生時代と決別したいと願っての引越しだった。家具や冷蔵庫といった家電などはそのまま同じものを使っているため、学生時代を思い出させる要素はそこかしこに転がっているが、それでも、もうあの頃には戻れないのだと、自分に言い聞かせることはできる。

会社へは私鉄一本で通うことができるが、駅まで徒歩二十分かかる。高校時代以来の一部、自転車通勤となったが、雨の日は徒歩だった。

〈クローバー・コーヒー〉に出会ったのは、入社して三ヵ月ほどたった頃のことだ。

その日は朝から雨が降り続いていた。天気予報では夕方までに上がると言っていたのに、定時で仕事を終え、アパートの最寄駅に着いても、雨はリズムを変えることなく降り続いていた。駅前の吉野家で夕飯を済ませた頃、ようやく雨は上がり、深瀬は傘をささずに商店街を抜け、住宅街のどん詰まりに建つアパートまでの道を歩いた。ところが、住宅街にさしかかったあたりで再び、頬に雨粒を感じた。

傘をさそうかさすまいか、と足を止めたとき、ふと、路地の奥に小さな木の看板が出ているのが見えた。〈クローバー・コーヒー〉というカタカナの店名の下に、ひとまわり小さく、コーヒー豆専門店、と書いてあるのが、淡い外灯の中、夜目にも確認することができた。

こんな店があったのか、と深瀬は迷わず足を進めた。コーヒーの淹れ方には自信があるとはいえ、豆は財布と相談してできる限り良い物を求めるようにしていたものの、購入するのはたいがいスーパーでだった。それでも、ブルーマウンテンを置いているところを探し当てたのだから、十分にこだわっていると言えるはずだ、と自負していたのだが、コーヒー豆専門店に出会ったのは初めてだった。

店は普通の住宅の一階を、一部ガラス張りに改装した程度の構えで、看板がなければ、少しばかりガーデニングにこだわりのある普通の民家にしか見えなかった。本当に店なのだろうか、と辺りにそれらしい建物がほかにないか確認してしまったほどだ。学生時代の自分なら二の足を踏んだかもしれないが、営業職に徐々に慣れ始めていた身には、それほど勇気を要することではなかった。ただし、飛び込み営業よりはマシ、というレベルで。

木製のドアを引くと、カラン、と音が鳴り、いらっしゃいませ、と蕎麦《そば》屋に入ったかのような威勢のいい声が飛んできた。親と自分の中間辺りの年齢と思える女性が、ドア横にあるレジカウンターの奥に立っていた。

掛け声とは裏腹に、店内は、抑え気味のカントリー風インテリアで統一されていた。手作りの風合いがある木製の棚に、片手で持つには難しい大きさのガラス瓶が、一段に三個ずつ、計十二個並び、中にはローストされたコーヒー豆が入っていた。棚の空いたスペースに、カラフルなポンチョを着た男やロバといった中南米を想起させる雑貨が飾られているのが、コーヒー店らしいと感じた。

瓶の横にはそれぞれ、手書きポップが立てられていた。クローバー・ブレンド、イタリアン・ブレンド、アイス・ブレンド、この辺りは、深瀬にもどのような豆か想像できるものだった。スーパーのコーヒー豆コーナーであれば、この次から、キリマンジャロ、モカ、ブルーマウンテン、と続くはずだが、それらの有名な銘柄は一つもなかった。

グアテマラ、ニカラグア、コスタリカ、エルサルバドル、ブラジル、ホンデュラス、ペルーといった中南米の国の名前が並んでいた。ケニア、インドネシア、とその他の地域の国名もあった。国名銘柄のポップには「南国の花、ピーチの風味」、「メロン、マンゴーの風味」、「ダークチェリー、ラズベリーの風味」といった具合に説明文が添えられていたが、深瀬にはどれもピンとこなかった。

コーヒーに花や果物の風味ってどういうことだ？　ならば店員に訊ねればいいのだが、そう簡単にはいかない。わからないことを訊ねる、できないことはできないと言って断る、これらのことができていれば、深瀬はもう少しラクに生きてこられていたかもしれない。そんな自覚だけは少しばかり持っていた。

ブレンドでも買ってみるか、そう思ったときだ。

——お客さま、初めてですよね。よかったら、奥で試し飲みしてみませんか？

言われて、店員が手で示す先を見ると、棚の向こうに通路があることに気が付いた。だが、この先は店なのか、プライベートな場所なのか。突っ立っている深瀬を、店員はカウンターから出てきて、こちらに、と案内してくれた。通路の突き当りに焙《ばい》煎機《せんき》や大きな麻袋を置いた部屋があり、その隣が、喫茶専用の部屋になっていた。木のカウンターに椅子が六脚並んだだけの狭い空間だ。カウンター内に店員と同じ歳くらいの男性がいた。彼が店主で、店員は彼の奥さんで、脱サラし、この春から夫婦でこの店を始めたのだと、奥さんの方が教えてくれた。

——僕も、この春、就職して、この近所に越してきたんです。

ささやかながらも縁を感じ、自然にそう口にすることができた。

——じゃあ、デビューが同じ、同期ですね。いやん、なんだかアイドルみたい。

——どれか、気になった豆はありますか？

饒舌《じょうぜつ》な奥さんの半分のテンポで、単語をぽつぽつと区切るような話し方をするマスターに、親近感を抱いた。豆はすべて、マスターが自分で世界中のコーヒー豆の産地を訪れて、厳選したものを買い付けたのだという。

——趣味が高じて、バカげたことを始めてしまいました。

マスターは頭を掻きながら自虐《じぎゃく》気味にそう言いながらも、すごいですね！　と深瀬が感心したように言うと、よかったらレクチャーしましょうか？　と目を輝かせて誇らしげに訊ねてきた。頷《うなず》く深瀬に、じゃあまずは最初に行ったホンデュラスから、と言って、奥さんに販売コーナーから豆を持ってくるよう頼み、ドイツ製だという機械で丹念にエスプレッソのお湯割りを作ってくれた。

——おいしい、おいしいです！

さわやかな酸味が口いっぱいに広がり、その奥からほのかな甘さが湧き上がってくる。「ブルーベリーとチョコレートの風味」とマスターが説明してくれたが、なるほどどういうことか。だが、それらよりもっとまろやかで味が深く、熟成させて作ったワインのようだ。

思ったままをしどろもどろの状態でマスターに伝えながら、自分のボキャブラリーが貧弱なことに気付き、もどかしい思いでいっぱいになった。言葉を重ねれば重ねるほど、嘘っぽくなっていくようだった。しかし、マスターは、そうでしょ、そうなんです、なるほどその味だ、などと嬉しそうに相槌を打ってくれた。

結局、その日、店を出たのは深夜零時を過ぎてからだった。飲んだコーヒーは、二杯目からデミタスカップだったとはいえ、十二杯、全種類だ。会計の際、一杯分の代金でいい、とマスターに言われ、しばらくぎこちない押し問答が続いたが、最終的に深瀬が折れた。マスターはおとなしそうでなかなか手強《てごわ》い。おまけに、一杯三百円だった。豆の販売価格は種類によって百グラム当り五百円から二千円とばらつきがあるが、喫茶コーナーではどの豆を選んでも同じ代金なのだという。

——豆には自信があるけど、職人としてはまだ修業中だからね。

自分の技術はそんなマスターの足元にも及ばない。敗北感よりも、新しい世界が開けたことに心地よさを抱いた。販売カウンター内にすでに仕舞われた看板を見て、閉店時間が午後九時だったことを知り、見送りに出てきてくれた奥さんにも、深く頭を下げた。

——お気遣いなく。また、遊びにきてくださいね。

ああ楽しかった！　店を出て深呼吸しながら顔を上げると、星空が目に飛び込んできた。

翌日こそ、傘を忘れたという口実で店を訪れたが、それからは毎日、仕事帰りに日課のように通っている。

行きつけの店、と口にするのは照れ臭いが、そういう場所ができたことにより、深瀬の日常そのものが店のコーヒーと同様に、濃く、深く、そして、香り高いものになった。

「深瀬くんって、朝はパン？」

定位置である一番奥の席でぼんやりとコーヒーをすすっていると、カウンター内から奥さんに声をかけられた。

「どちらかと言えばパンだけど、コーヒーだけのことが多いかな」

「だめよぅ、若いんだから朝ごはんはしっかり食べなきゃ。糖分は必要でしょ」

「でも、僕、朝のコーヒーには砂糖とミルク、両方たっぷり入れてますよ」

店ではコーヒー豆そのものの風味を堪能《たんのう》するため、ブラックで飲んでいる。

「なんだ、甘いの大丈夫なのね。じゃあ……」

奥さんはコンと音を立てて、カウンターの上に、手のひらにおさまりそうなサイズの小瓶を置いた。べっこう飴《あめ》のような淡い黄色の、粘度のある液体が入っている。

「蜂蜜《はちみつ》、もらってくれない？　実家の親の手作りなの」

奥さんの父親は定年退職後、地域の仲間たちと養蜂《ようほう》を始めたのだという。農家の人が中心になり、メンバーは各自、巣箱を自宅の庭や畑、田んぼなどに置き、一定期間後、皆でそれを持ち寄るのだそうだ。

「去年は皆でホットケーキを焼いて、それにかけたらおしまいって量しかとれなかったけど、今年は豊作だったみたい。うちに五個届いたくらいだもん。わざわざホットケーキを焼かなくても、トーストにかけるとおいしいわよ。先にバターをたっぷり塗ってね」

へえ……、と瓶を持ち上げると、蜂蜜の表面がどろりと揺れた。素人でもこんなに透明度の高いものが作れるのか。ラベルを貼れば、十分に商品として売り出せそうだ。

試して、と奥さんが言いかけたところに、ドアベルが鳴った。奥さんはせわしなく販売スペースに向かった。マスターは先週から豆の買い付けに出ている。今回は、ケニア、タンザニアといったアフリカの国々を周《めぐ》っているらしい。昨日、奥さんから見せてもらった、タンザニアからの画像には、コーヒー園をバックに、日に焼けた顔いっぱいに笑みを浮かべているマスターの姿があった。

深瀬は蜂蜜の瓶をカウンターに置いた。

世間では、養蜂が流行っているのだろうか。それにしても、体の大きさに比例しているみたいだな……。

――実家から届いたんだけど、いい使い道知らないか？

広沢が蜂蜜の瓶を持って深瀬のアパートにやってきたのは、大学四年生、六月初旬のある夜のことだった。広沢は深瀬のアパートを訪れる際、たまにスナック菓子やテイクアウトの牛丼などを持参していたが、その日のコンビニのレジ袋の持ち手は、重力に耐えかねて引きちぎれそうになるくらい伸びていた。

ゴン、と鈍い音を響かせて、広沢はテーブルの役目だけを果たしているこたつの上に、レジ袋から取り出したものを置いた。一年分の梅干しが全部入りそうなくらい大きな瓶の、九分目までが琥珀《こはく》色のどろりとした液体で満たされていた。

――親戚のおじさんが養蜂をしているんだ。俺が甘い物好きだからって、こんなに送ってこられてもなあ。何に使うっていうんだよ。まったく、うちの母親も少し考えればいいのに。よかったら、もらってくれないか？

遠慮して断る方が申し訳ないような重量感だった。

――使い道わかんないけど、とりあえず、タッパーか何かに移すよ。百均に瓶を買いに行った方がいいかな。

――いや、これごともらってくれ。

同じ瓶が広沢のアパートにまだ一個あるのだという。広沢の愚痴は初めて聞いたが、同じことが自分に起これば、もっと文句を言っていたはずだ。

――まあ、これをどうやって消化するかは後で考えるとして、とりあえず、コーヒーを淹れるよ。

広沢が深瀬のアパートを訪れた際の習慣だった。コーヒーを飲みながら、テレビのバラエティ番組や、近所のレンタルショップで借りた映画のＤＶＤを見る。たまに、広沢が落語のＤＶＤを持ってくることもあった。

これが同性の友人と過ごす正しい方法なのか、深瀬にはわからなかった。これまでまったく一人ぼっちだったわけではない。中学生の頃、ひと月ほどクラス全員から無視をされたことはあったが、それ以上の嫌がらせを受けたことはない。ただ、小学生の頃から、親友と呼べる友だちは一人もいなかった。もしも、友人の名前を五人挙げろという場面が生じたら、三人ほど、深瀬の名前を書く者はいたかもしれない。だが、一人だけ挙げろと言われたら、誰も深瀬の名前を書かなかっただろう。深瀬がたった一人挙げる人物は、五人の中にも深瀬の名前を挙げていなかったかもしれない。

それはこの世でもっとも恥ずべきことだと思っていた。人間の質というのは、友人の数で決まるのだと、誰に言われたわけでもないのに思い込んでいた。自分がどれだけの人から好かれているか。信頼されているか。数が多ければいいというものではない。誰でもいいわけでもない。質の高い友人、周囲から羨望のまなざしを向けられる者たちでなければならなかった。

しかし、そんなことをおぼろげながらに意識しはじめた小学生時代、深瀬を取り囲む者など一人もいなかった。理由はすぐにわかった。運動が得意ではないからだ。挨《あい》拶《さつ》がわりにおもしろいギャグを口にするようなキャラクターでもない。休憩時間に誰も自分に声をかけてこないのは、本を読んでいるせいだ。だが、本を読むのを我慢してまで、バカなヤツらにつきあってやる必要はない。そんなふうに自分に言い聞かせながら、賑やかな集団をちらちらと盗み見していた。

中学生になれば、勉強ができる者がようやく一目置かれるようになるだろう、と期待したが、相変わらず、教室でげらげらと大きな笑い声を上げているのは、小学生のときと同じメンバーだった。しかし、それは仕方のないことだった。誰が優秀な人間であるかなど、皆、知ろうとしていないし、知る機会もないのだ。深瀬の通う中学では、定期テストの点数は公表されなかった。親の時代には順位を廊下に貼り出していたというが、その時代に生まれていれば、自分の立場も少しはかわっていたかもしれない。本で顔を隠したまま、深瀬はゆとり教育という言葉を呪った。そんな中でも、その作家の本おもしろいよね、と声をかけてくる者もごくまれにいた。新刊を貸し借りしたり、放課後、一緒に書店を訪れる友人はできたが、そのメンバーで過ごす教室を、居心地いいと感じたことは一度もなかった。

本来の実力が発揮されるのは高校に入ってからだと思っていた。地域で一番偏差値の高い私立の進学校を、余裕で目指せる成績だった。しかし、中学二年生の夏、父親の癌《がん》が発覚し、闘病生活が始まった。食品加工会社に勤務していた父親はリストラこそされなかったものの、休職期間中まで給料が支払われるような会社ではなかった。

そんな状況で、私立に行きたいと親に言い出すことはできず、家から近い公立高校に進学した。バカは多少ふるいおとされたが、同じ中学の同級生、三分の一が進学した先では、それほど自分の立ち位置が変化するわけではなかった。

自分らしく生きるためには、この田舎町から出なければならない。

父親の手術が成功し、職場に復帰してからは、高校生活を充実させることよりも、より偏差値の高い都会の大学に進学することを目標に置いた。つまらないヤツ、とレッテルを貼られることなどまったく気にしなかった。本当の自分はおまえたちとは違うんだ。呪文のようにこの言葉を唱え続け、明教大学の合格通知を手に田舎町を後にした。新しい住所は同級生の誰にも伝えていない。

そうした新天地でようやくできた人生初の親友が、広沢由樹《よしき》だった。

「ごめんね、行ったり来たり、バタバタと」

奥さんは言葉の通り、ゴム製サンダルをバタバタと鳴らしながら、小走りで戻ってきた。注文したコーヒーは淹れてくれているのだから、放置してもらってもまったく構わないのだが、それができないのが奥さんの人柄なのだろう。

「えーっと、何だったっけ。そうだ、蜂蜜」

奥さんが棚から別の蜂蜜の小瓶を取りだした。

「お皿に出す？　それとも、スプーンでそのままペロッといっちゃう？」

「それより、コーヒーに入れてみませんか？」

「それ！　何で気付かなかったんだろう。深瀬くん、グッドアイディア！」

奥さんが手を打った。

――なあ、コーヒーに入れてみないか？

最初に、その提案をしたのは広沢だった。しかし、深瀬は奥さんのようにすぐには賛同しなかった。コーヒーの香りが蜂蜜の香りに消されて、台無しになってしまうのではないかと危惧したのだ。もしや、広沢は口でいうほどコーヒーをおいしいと思っていないのではないか。そんな疑念まで一瞬、湧き上がったほどだ。

――そうやって飲んだらおいしいって、うちの母親が言ってたから。信用できるかどうかわかんないけどさ。

そういうことなら一杯くらい、と深瀬も試してみることにしたのだ。

奥さんが首を伸ばして深瀬のカップに目を落とした。中身は空っぽだ。

「もう一杯飲む余裕ある？」

腹の具合はまだ十分に余裕がある。それとも、時間のことか？　腕時計を見た。午後六時四十分、待ち合わせの時間まで、まだ二十分ある。

「大丈夫ですよ」

じゃあ、と奥さんは空のカップを下げた。

「こういう混ぜ物系の場合は、ブレンドがいいかしらね」

「賛成です」

奥さんは棚からクローバー・ブレンドの瓶を取り、カップ二杯分を電動ミルに入れた。次に、挽きたての豆をエスプレッソマシーンにセットする。ヴーン、と低く響く音とともに、濃厚なコーヒーがカップに滴り落ちてきた。それをお湯で割ると完成だ。

嗅《か》ぎ慣れたクセのないまろやかな匂いが鼻腔《びこう》をくすぐる。このままでもアリだなと心が揺れた。そこに、ポン、と音が響き、濃厚な甘い匂いが広がった。

お先にどうぞ、と瓶を差し出され、深瀬はティースプーンに一杯すくってカップに入れた。底をゆっくりとさらうようにかき混ぜる。

「一杯でいいの？」

「僕は。でも、砂糖一杯分と同じ甘さにするなら、三杯入れるといいですよ」

「なんだもう、蜂蜜マスターじゃない」

これも、広沢が気付いたことだった。奥さんは三杯しっかり入れ、スプーンをせわしなくクルクルと動かしている。広沢もこうやっていたな、と大きな手を思い出した。

今日はおそらくこういう日なのだ。

鼻いっぱいに香りを吸い込んでから、コーヒーをすすった。庭に巣箱を置いていたと聞いたことも手伝い、口内が野に咲く花で満たされているような気分になる。はじめからこういう種類のコーヒーだと言われたら信じてしまえるほど、違和感のない、コーヒーと蜂蜜が一体化した香りと味だった。

――な、旨いだろ。

広沢の得意げな笑顔が頭に浮かんだ。

「これ、いい。コンテスト上位入賞の豆にも負けてない。お父さんに言ったら邪道だって却下されそうだけど、今週はお試し期間として、蜂蜜入りブレンドを他のお客さんにも勧めてみようかしら」

奥さんはすっかり気に入った様子で、熱いコーヒーをきゅっと飲み干した。今まで気付かなかったが、飲み方も奥さんと広沢は似ているなと思った。若干、猫舌気味の深瀬にはマネできない、気持ちのいい飲み方だ。

「じゃあ、これも」

カウンターについた左肘《ひじ》の前に置いていた小瓶を、奥さんに差し出した。

「気を遣ってくれなくていいの。素敵な提案をしてくれたお礼。もし、使い道に困るようだったら、美穂子ちゃんにあげて。今日は待ち合わせしてないの？」

「七時にだから、もうすぐ来ると思います」

今度は携帯電話で時間を確認した。午後七時ジャスト、もうじきドアベルが鳴るはずだ、と店舗の方に目をやった。美穂子が約束の時間に遅れたことなど、今までに一度もない。遅くなるというメールも届いていない。

「じゃあ、蜂蜜入りも、美穂子ちゃんが来てからにした方がよかったかも」

あっ、という間抜けな声にかぶるようにドアベルが鳴った。深瀬にウインクをして販売コーナーに向かった奥さんは、あら○○さん、いらっしゃい、と大きな声で美穂子の名字ではない名前を呼んだ。多分、自分に知らせるためだろうな、と深瀬は販売コーナーの方に耳を集中させた。世間話をして、コーヒー豆の種類を説明していることはわかるが、はっきりとした内容までは聞こえない。しかし、笑い声はしっかりと響いている。

マスターはこの店をオープンする前、都市銀行に勤務していたと、奥さんが他の客に話しているのを聞いたことがある。深瀬も受けたところだ。まあ、よく許したわね、と驚く客に、一度言い出すと聞かない人だから、と奥さんは笑いながら答えていた。

深瀬には考えられない選択だった。マスターよりも奥さんをすごいと思った。夢は結婚と同時にあきらめるものではないのか。だが逆に、マスターが独身だったら、店を開きたいという夢は持っていても、実現させることはなかったかもしれない。背中を押してくれる人がいるから一歩踏み出すことができた。もしかすると、マスターが世界中をまわっておいしいコーヒー豆を探しているのは、奥さんに飲ませてあげたいと思っているからではないか、とも考えられるようになった。

それは美穂子に出会ったからだ。

越智《おち》美穂子を〈クローバー・コーヒー〉で初めて見かけたのは、四ヵ月前だった。仕事帰りに店を訪れると、深瀬の定位置であるカウンターの一番奥の席に、見慣れない女性が座っていた。深瀬が店を訪れる午後七時前後に、別の客がいるのは珍しいことだった。住宅街の真ん中にあるこの店の喫茶コーナーは、午後一時から五時頃までが一番忙しいという。夕飯時、コーヒーしか置いていないこの店に、空腹を満たすために訪れる客はいないということだ。その後、午後八時過ぎから、店は片手で数えられるくらいの常連客を迎える。酔い覚ましであったり、夕飯後の一杯であったりと目的はまちまちだが、深瀬がこのメンバーに合流することもよくあった。

しかし、女性は八時からの常連客ではなかった。タウン誌に何度か取り上げられてからは、遠方から訪れる客も増えたというが、女性の服装は見るからに普段着で、そういう客のようには思えなかった。とはいえ、近所で見かけたこともない。

すぐ別の席につけばよかったのに、深瀬はぼんやりと立ち尽くしたまま、カウンター内でコーヒーを淹れているマスターの方を見た。申し訳ございません、と無言で謝るような表情がマスターの顔いっぱいに広がり、深瀬は慌《あわ》てて戸口に一番近い席に腰を下ろした。

——もしかして、ここ、予約席でしたか？

美穂子がおどおどと腰を浮かせながら、深瀬に訊《き》いてきた。

——いや、そんなんじゃないので、そのままで。マスター、いつもの。

そう言った後で、常連だということをアピールしたように思われなかったか、と気になったが、美穂子の視線は目の前に置かれたコーヒーにまっすぐ注がれていた。カップを持ち上げ、香りを吸い込み、ちびりとすする。と同時にパッと目を見開いた。想像以上のおいしさだったのだろう。自分がここを初めて訪れたときも、こんな表情をしていたのではないか、と深瀬は美穂子の横顔を見つめた。

——豆って買えるんですよね。

深瀬のコーヒーを淹れているマスターの邪魔をしないようにか、遠慮がちに訊ねた美穂子は、マスターが答える前に、でも……、と続けた。

——同じ豆でもきっと、ここで飲む方がおいしいんだろうな。

そうなんだよ！　と深瀬は胸の内で強く頷いた。

深瀬がコーヒーを飲むようになったのは、高校三年生の秋、受験勉強のスパートをかけ始めた時期だ。初めは、家にあるインスタントコーヒーを使っていたが、一晩に二杯、三杯、と飲んでいるうちに、朝、胃がもたれるようになってしまった。そこで、母親に頼み、ドリッパーと専用のコーヒー豆を買ってもらった。大学生になると、コーヒーに関する専門書を読んで、フィルターを紙から布に替えてみたり、カフェプレスを試してみたり、と研究に励んだ。そして、社会人になり、この店に出会えたことを機に、初ボーナスをすべてつぎ込んで、店で使っているのと同じドイツ製のエスプレッソマシーンを購入した。

時間も金も十分につぎ込み、その辺の喫茶店のコーヒーよりは自分で淹れたものの方が何倍もおいしい、と胸を張って自慢できるようにはなったが（実際に自慢したことはないものの)、マスターの淹れたコーヒーにだけはどう努力しても追い付くことができない。その上、マスターはプロの講習会などにも定期的に通っているため、今なお腕が上がり続けているのだ。

だから毎日通っている。そう口にしてみれば、この場はもっと和やかな空気になるかもしれないと思いながらも、実際は、マスターの淹れてくれたコーヒーをちびりちびりとすするだけだった。だが、会話のきっかけは他にもあった。いつもの、という注文は、マスターにおまかせ、という意味だ。甘酸っぱいベリー系の風味。

――コスタリカ?

――正解です。

外れだったり、新しく買い付けてきた豆なら、マスターの蘊蓄《うんちく》話が始まるのだが、当たっていたら、これだけで終わる。二年近く常連客として通っていても、マスターとコーヒー以外の話をしたことはほとんどなかった。

深瀬が豆の種類を答えた際、美穂子がちらりとこちらを見たことには気付いたが、すごいですね、とか、どんな味ですか? などと声をかけられることはなかった。コーヒーを一口すすっては、遠い場所に思いを馳せるように空《くう》を見上げている横顔がなんだかいいな、と深瀬の方から彼女をちらちらと見るばかりだった。

その後、運が良ければ週に三度、悪くても一度は店で美穂子と一緒になった。たいがい美穂子の方が先に来ていて、深瀬の指定席を空けておくかのように、入り口から二番目の席にちょこんと座って、後から来た深瀬に小さく会釈するのだ。

たまにマスターが美穂子に豆の説明をすることもあったが、三人で静かに有線放送のラテン系音楽に耳を傾けることの方が多かった。

しかし、この店には重要な人物がもう一人いた。

――美穂子ちゃんって、駅の向こう側にある〈グリムパン〉で働いてるのよ。

彼女が来ていないときに、奥さんから突然そう言われても、美穂子ちゃん、というのが誰なのかわからなかった。午後七時台の新しい常連さん、と言われ、初めて名前を知ったのだ。

――カレーパンとかサンドイッチとか、お惣菜《そうざい》系のパンが充実しているから、出勤前に、お昼ご飯用に買ってみたらどう？

社員食堂があるような会社ではないが、会社周辺には手ごろな店がいくつかあった。朝のせわしない時間に、遠回りするのも面倒だった。それでも、一週間後の休みに、昼間足を伸ばしてみたのだが、レジに美穂子の姿はなかった。

損をした、と小石を蹴《け》りたいような気分で高架下をくぐりながら、はて、自分は何を期待していたのだろう、と足を止め、パンを買いに行ったのではないか、と無理やりカレーパンに合うコーヒーについて考えてみた。

翌日、いつもの時間に〈クローバー・コーヒー〉に行くと、美穂子が来ていたし、カウンター内には奥さんもいたが、パン屋に行ったことは話さなかった。それから三日後だった。奥さんに映画のチケットが入っているという封筒を差し出されたのは。

——商工会の人にもらったんだけど、ホラー映画って私もお父さんも苦手なのよ。深瀬くん、いらない？

ホラー映画にはそれほど興味がなかったが、その作品は見てみたいと思っていた。深瀬が学生時代から好きな監督の作品だったからだ。サイコミステリーを得意とする監督がどんなふうにホラーを撮るのか、久々に映画館に行ってみようと思っていたところだった。礼を言って封筒をあらためると、券は二枚入っていた。

——よかったら、彼女と。

——いませんよ、そんな相手。

他の人から言われたら舌打ちしそうなことでも、相手が奥さんだと、自然に照れたり、弱音を吐いたりすることができるようになっていた。

——じゃあ、美穂子ちゃんを誘ってあげたら？　実はね、前に美穂子ちゃんと映画の話をしたことがあるのよ。そのとき、多分、この監督さんのことが好きだって言ってたような気がするのよね。

マスターが、お母さん、と小声で奥さんを窘《たしな》めた。

――そうしたら、これ……。

美穂子さんにあげた方がいいんじゃないですか？　深瀬の言葉を予知できるのか、奥さんは深瀬がネガティブな発言をしようとすると遮《さえぎ》ってくる。最後まで言っちゃうと、遠慮や謙遜が、本当のことになっちゃうわよ。奥さんは目でそんなことを語りかけるように、ダメよ、と両手を振った。

――何事も、常連第一号の深瀬くん優先なの。

思いがけない言葉に、目頭がジンと熱くなった。たった一人しか挙げられない項目に、自分の名前を書いてくれる人がいる。そこに、美穂子がやってきた。皆の視線がいつもより露骨に注がれていることに気付いたのか、えっ？　と少しとまどったように、美穂子は顔に手を触れたり、服を見回したりした。後から知ったことだが、小麦粉でもついているのかと思ったらしい。

美穂子が席につくと、奥さんがニヤニヤした視線を送ってきた。

さあ、早く。勇気を出して。ずっと、彼女のこと、気になってたんでしょ。

都合のいい脳内解釈だとは気付かず、キッ、と奥さんを見返した。

これで断られたら、コーヒーには未練があるが、もうこの店には一生来ませんからね。

誰かに対して強気な思いを抱くというのは、ぎゅっと両手を握りしめるのと同じ効果があるようだ。無言で立ち上がり、美穂子の横で足を止めると、あの、と腹の底から声が出た。

そして、翌日からも、定休日以外は毎日、この店に通っている。

「美穂子ちゃん、残業でも入ったのかしら。最近は製造の手伝いにまわることが多くなった、って言ってたから」

販売コーナーからやってきた奥さんが、深瀬を気遣うように言った。映画を機に二人が付き合うようになってからも奥さんは、おいしいフレンチの店がオープンしたんだって、とか、そういえば深瀬くんは落語も好きなんでしょ？　などとデートの後押しをしてくれている。一度、美穂子に向かって、昔の仲人ってあんな感じなのかな、と言いかけ、慌てて口を噤《つぐ》んだことがある。

まだ、付き合って三ヵ月ではないか。

「ちょっと、すみません」

携帯電話を手に取った。メールの方がいいか。いや、約束の時間を二十分も過ぎているのだから、勤務中だとしても、電話をかけても責められはしないだろう。そんな経験は一度もないが。

美穂子の携帯番号を鳴らした。十コール鳴り、留守番電話の案内に切り替わった。まだ〈クローバー・コーヒー〉にいることを伝えておいた方がいいだろうか、と録音の合図を待っていると、突然、もしもし……、と小さな声が聞こえてきた。雨音の響き方で屋外にいる様子が感じ取れた。

「クローバーに向かってる途中だったかな」

雨音に消されないように大きな声を出したのだが、奥さんに電話が繫がったことをアピールしているように思われたのではないかと恥ずかしくなり、壁に向き合うように座り直して、電話をぐっと顔に近付けた。BGMはいつもこんな大音量だっただろうかと眉を顰《ひそ》めてしまうほど、電話の向こうから聞こえてくる美穂子の声は、か細く、聴き取り辛かった。だが、なんとか、美穂子が今いる場所は知ることができた。

「すいません、会計してください。なんかもう、僕のアパートまで行っちゃってるみたいなので」

「あらら、それは急がなきゃ」

財布を出しながらせわしなく立ち上がり、すっかり冷めてしまったコーヒーを飲み干した。コーヒーと一体化していた蜂蜜の味と香りが、冷めると、二種類の混合物だと明らかにわかるほど、互いのクセのある面を主張しながら喉を通りすぎていった。

「蜂蜜、忘れないでね」

奥さんはそれだけ言うと、先に、レジのある販売コーナーに向かった。

待ち合わせはいつも〈クローバー・コーヒー〉と決まっているわけではない。むしろ駅で会ってそのまま夕飯を食べに行くというパターンの方が多いのだが、〈グリムパン〉の定休日前は〈クローバー・コーヒー〉でということにしている。美穂子が売れ残ったパンを大量にもらってくるからだ。それを、深瀬のアパートで、二人で食べる。夕飯がパンであることに深瀬は抵抗を感じない。週に一度くらい、こういう日があってもいい。

『ゴメン、今、カズくんのアパートの前』

電話で美穂子はそう言った。何かあったのだろうか。店を出てからずっと駆け足でアパートに向かっているのだが、百メートルも進まないうちに、傘をさしているにもかかわらず、靴がグショグショと音を立て始めた。ズボンも、膝《ひざ》から下は色を変え、足に張り付いている。

　こんなふうにびしょ濡れになったから、美穂子も店に来られなかったのかもしれない。深刻な事態が生じたのではないかという不安が、少し軽いものに変わった。それとも、警報が出ているのだろうか。それで、店が閉まっていると勘違いした、とも考えられる。昨日、タオルをまとめて洗濯しておいてよかった。

　軒下にはいるだろうが、寒い思いをしているに違いない。まずは、温かいコーヒーを淹れてやろう。美穂子は店でも、コーヒーに砂糖とミルクを入れている。奥さんにもらった蜂蜜を見せると喜ぶのではないか。そうだ……。

　これを機に、合鍵を持つことを提案してみようか。美穂子のアパートを訪れたことはなかったが、〈グリムパン〉から自転車で十分ほどのところだと聞いたことはある。互いのアパートが駅を挟んで徒歩でも行き来できる距離にあるため、わざわざ合鍵を持って、家主が不在の家で待機していなければならない理由などない。深瀬は自分にそう言い聞かせていたが、正直なところ、美穂子に断られるのが怖いだけだった。相手が侵入を許してくれる範囲まで、こちらも門戸を開けばいい。だが、美穂子も同じことを考えていたら、互いの距離が縮むことはない。いつまでも、〈クローバー・コーヒー〉の奥さんを当てにするわけにもいかない。あなたたち、同棲でもしちやえばいいのに、とまではさすがに奥さんも言ってくれないだろう。

アパートが見えてきた。木造二階建て。深瀬の部屋は一階だ。不動産屋を訪れた際、日当たりの良い二階の角部屋が空いていて、お客様は運がいい、などと言われたが、実際に見学をして、もう一つ空いていた一階の部屋に決めた。二階の角部屋は鉄製の階段を上がってすぐのところに位置していた。室内を見学していると、二階の住人か、そこを訪れた人の階段を駆け上がる音が、カン、カン、と軽快に響くのが聞こえた。

ほんの一瞬、心が沸きたち、次の瞬間には、眩暈《めまい》をおこしそうなほど頭のてっぺんを押さえ付けられているような圧迫感に襲われた。

あの音を響かせて自分を訪ねてくれる人は、もういないのだ。それなのに、自分はあの音を聞くたびに、あいつのことを思い出すに違いない。

その階段で身を隠すように、美穂子は立っていた。〈グリムパン〉のナイロンバッグを抱きしめるように抱えている。ゴメン、と駆け寄ってみたものの、美穂子は思ったほど濡れていない。素足にサンダルをはいた足元は濡れてはいるが、店に入るのに抵抗を覚えるほどではない。むしろ、全身ずぶ濡れなのは深瀬の方だった。

美穂子はもっと早い時間、雨が激しくなる前からここに来ていたのではないだろうか。そんな思いが頭をかすめた。販売コーナーと喫茶コーナーを往復していた奥さんが、あらら、すごいことになってるわね、と外を見ながら口にしたのは、販売コーナーのレジで深瀬が会計をしているときだった。

「何で謝るの？　お店に行かなかったわたしが悪いのに」

美穂子の口調は明るくはないが、電話で聞いた弱々しい声ではない。単に、コーヒーの気分ではなかっただけなのか。とりあえず、ドアの鍵を開け、美穂子を促《うなが》し、中に入った。玄関横の洗面所から出してきたタオルを一枚、美穂子に渡して、奥で待ってて、とひと声かけると、深瀬は洗面所にこもって服を着替えた。そのままシャワーを浴びたいところだったが、それが許される雰囲気ではない。

洗面所から出ると、美穂子はテレビもつけずに、玄関側に背を向けるようにして、こたつテーブルの前に正座していた。初めて訪れた日のように、首を大きく動かしながら部屋を見回している。男の部屋にしては片付いている方だと思う。前に美穂子が訪れたときと変わったところなどまったくと言っていいほどない。何を気にしているのだろう。

後ろ手で洗面所のドアを閉めると、大した音は出ていないのに、美穂子はビクリと背中を震わせて振り向いた。

「お待たせ。コーヒーを淹れるよ。クローバーの奥さんが……」

「いい」

美穂子に言葉を遮られたのは初めてだった。尖《とが》ったような強い口調に、思わず息を飲んでしまう。自分とは関係のないところで、何かあったのではないかと思っていたが、美穂子の険しく固まった、しかし、針先程度の刺激で、今にも崩れて泣き出してしまいそうな表情を見ていると、責められる立場にいるのは、もしかすると、自分ではないのかと思えてきた。だが、原因がまったく思い当たらない。

「どうしたの？」

テーブルを挟んで美穂子の向かいに座り、訊ねた。自然と正座になっていた。美穂子は声を絞り出そうとするように顔をゆがめて口を開いた。

「カズくんは……、前に、つまんないほど普通の人生を送ってきた、って言ってたけど、ホントにそうなの？」

付き合い出したばかりの頃、確かに、そういう言い方をしたことがあった。夕飯をちょっと気取ったレストランで取るという、誰にでもできそうなことですら上手くできず、スープと野菜ばかりの料理がテーブルの上に並んだり、美穂子の前で財布を広げて小銭をばらまいたりと、スマートにこなすことができなかった。その照れ隠しに、人生初彼女が美穂子であることを正直に伝えたものの、それだけでは自分に人として欠けたものがあるのではないかと美穂子から誤解されては困ると、自分という人間に魅力がないのではなく、自分をとりまく環境そのものがつまらないものだったからだということを、遠回しに伝えたのだ。

「そうだよ。情けない、ことだけど」

なんなら、今度、実家から中学、高校の卒業アルバムを送ってもらい、美穂子に見せてやってもいい。クラスごとに作成する自由ページに、深瀬の姿は中央の集合写真にのみ、かろうじて端の方にあるだけだ。高校のそれは、前のヤツの頭と重なり、少し広めのおでこしか写っていない。いや、そもそもそういった昔の思い出の品を、今現在住んでいる場所に一つも置いていないことが、つまらない人生を送ってきたという証だ。

「世間に対して、後ろめたい……、ようなことは？」

今、美穂子が突き付けようとしている問題は、自分と美穂子のあいだに生じたことではないのかもしれない。そんな思いが、胸の内に芽生えた。雨音に助長され、芽はどんどん伸びていき、蔦《つた》となって体の内側全体にからみつき、深瀬を締め上げているような錯覚を起こしてしまう。

「履歴書でも渡せばいいのかな。俺の人生にたいした色はないけれど……、空白もない」

「じゃあ、その人生をすべて、わたしに話してくれることができる？」

「何でそんなことしなきゃいけないんだよ！」

突然、太い蔓《つる》の根元が断ち切られた。圧迫感から解放される。不安を断ち切ったのは不快感だ。雨の日に土足で畳の部屋に立ち入られたような不快感。

深瀬は立ち上がり、キッチンスペースに向かった。このまま向かい合っていれば、美穂子に酷《ひど》い言葉を浴びせそうな気がした。しかし、美穂子を傷つけることを回避したいのか、自分の中に踏み込まれたくない場所があるのに気付かれることを回避したいのかは、わからなかった。

「やっぱり、コーヒーを淹れるよ。俺も飲む。そうだ、カバンの中に蜂蜜の瓶があるから出してくれないかな。クローバーの奥さんにもらったんだ」

美穂子に背を向けたままそう言い、コーヒー豆のストックケースからクローバー・ブレンドの袋を取り出し、手動のミルに豆を入れた。落ち着け、落ち着け。ガリガリと持ち手を回しながら、今の状況について考えてみた。

美穂子に問い詰められている。

自分には、胸の内に封印している出来事が、たった一つではあるが、確かにある。美穂子はそれを打ち明けろと言っているの……、だろうか？

無色に近い人生に、黒いながらも色濃い出来事が一つしかないため、詰問されれば、そのことに違いないと動揺してしまったが、冷静に考えれば、あの出来事を美穂子が知るはずがないのだ。すべては自分の思い過ごし。うっかり墓穴を掘ってしまうところだった。

背後に気配を感じ、出来る限り穏やかな表情を作って振り返った。

「すぐ見つかった？　手作りなんだって」

だが、差しだされたのは蜂蜜の小瓶ではない。封書だ。定形サイズの茶封筒にパソコン文字が印刷されている。美穂子宛だが、住所は〈グリムパン〉のものだ。受け取って裏返してみたが、差出人の住所と名前はなかった。定番の八十二円切手、消印は、水に滲《にじ》んで文字が読み取れなくなっている。頭の部分を刃物で開封されていた。

「中、読んでいいの？」

美穂子は黙ったまま頷いた。深い意味はなかったが、深瀬は封筒を脇に挟み、流しにかけてあるタオルで両手をふいてから、封筒の中身を取りだした。紙はたったの一枚。Ａ４サイズの白いコピー用紙が三つ折りにされている。太字のゴシック体で縦書きに一行、何か書いてあるのが透けて見える。瀬和……、自分の名前が書かれているのではないか。心臓がバクリと動いた。

紙を広げる前に、美穂子を見た。まばたきもせずに、じっと深瀬を見つめている。とまどっていても仕方がない。上下から分断するように紙を広げた。

『深瀬和久は人殺しだ』

呼吸が追い付かなくなるほどに、心臓が早打ちし始めた。しかし、徐々に顔色が青ざめていく自分を、一歩離れた場所から冷めた目で見つめている自分もいた。これは、予告なく突き付けられた言葉ではない。ここに収束されるようになっていたのだ、と。

同級生、同窓会、洋楽、雨、コーヒー、蜂蜜……。

冷めた自分が動揺する自分に問いかける。おまえはいつかこういう日が来るのではないかという予感を一ミリも抱いていなかったか。その日を迎えるのは、不幸な日常の中ではなく、幸せが訪れたときではないかと不安に怯《おび》えたことは一度もなかったか。

答えは……、ＮＯだ。飲み込まれるな。

「これを、いつ？」

「今日の夕方。店宛の郵便物の中にまざっていたの。店長が言うには、たまにあることなんだって。アルバイトの女の子宛に、店に手紙やプレゼントを送ってくる人がいるのは。でも、中にはストーカーまがいの人もいるからおかしな内容だったらすぐに相談して、って忠告もされた。でも、これは誰にも見せられない。クローバーのマスターや奥さんにも。わたしは気持ちがすぐに顔に出ちゃうから、お店に行くと、何かあったってすぐにバレてしまうと思って、行けなかった。だけど、こんなイタズラ、百パーセント真に受けてるわけじゃない」

ミホちゃんのことを気にいった変態の客が、何とかして俺と別れさせようと、こんなバカげた嘘を書いて送りつけてきたんだよ。

美穂子の不安を取り除くように笑顔でそう言って、紙を引き裂くという手も、今ならまだ間に合う。しかし美穂子は、百パーセント信じていない、とは言っていない。疑う気持ちがどこかにあるのだ。むしろ、ここに来てからの様子を考えれば、その気持ちの方が強いように思える。

人殺し呼ばわりされるような過去などまったくない。ここでそう強く言い切ったとして、今後、美穂子とこれまで通りに接することができるだろうか。美穂子は言葉や態度の端々《はしばし》におかしなところはないかと探ろうとするかもしれないし、自分はそうされないように言動を選び、これまで以上に一歩引いた態度を取るに違いない。

本当に幸せになりたいのなら、すべて打ち明けろ。

ふと、手紙の差出人はあいつではないか、とバカな考えが浮かび、すぐに弾けた。夢枕に立つとか、非現実的な現象が起きたのならともかく、手紙は明らかにこの世に存在しているものだ。死者が手紙など書けるはずがない。

美穂子に話そう。

そうと決めても、迷いが生じる。上手く、現実から目を逸《そ》らさずに、真実を語ることができるだろうか。結局は、警察に話したことと同じ内容を繰り返すだけになるのではないか。我が身を守るために。

きちんと話すことだけを伝えて、今夜は美穂子を家に帰し、文章にしたものを後日届けた方が、自分の気持ちやあの日の出来事を順序立てて整理しながら振り返ることができるだろうし、美穂子にもより正確な事実を伝えることができるはずだ。それを読んだ上で、美穂子がどう判断するのかは……、今ここで考えることではない。

そうするべきだ。美穂子の顔色を窺《うかが》いながら話せば、彼女の表情次第で語る内容が変わるはずだということなど、容易に想像がつく。

「ミホちゃん、今夜は……」

深瀬の声をかき消すように、窓の外でゴオオと風が唸《うな》った。バン、とドアに振動が走る。空き缶レベルではない大きさのものが飛んできて、ぶつかったはずだ。自転車だろうか。雨音が弱まる気配もない。

こんな中に、美穂子を放り出すことなどできない。やはり、今日はそういう日なのだ。

「時間、大丈夫かな。話さなければならないことがあるんだ。でも、すごく長くなると思う」

「わたしは平気」

〈グリムパン〉が明日、木曜日は定休日だということを思い出した。パンの袋はテーブルの下に置かれている。そういえば、〈クローバー・コーヒー〉も木曜日が定休日だ。仕事に行かなければならないのは自分だけ。欠伸《あくび》をかみ殺しながら出勤するよれよれの姿が頭に浮かび……、ブッ、と思わず吹き出してしまった。これから重大なことを打ち明けようとしているのに、その先に、いつもと同じ日常があると思っているとは。

「どうしたの？」

美穂子が遠慮がちではあるが怪訝《けげん》な目を向けた。

「いや、何でもない。ゴメン、大切な話をこれからしようってときに。……落ち着いて話したいから、コーヒーを淹れさせてくれないかな」

美穂子は納得しかねる様子だったが、黙ったまま頷き、部屋へと戻っていった。

ミルの持ち手に手をかける。さっき何回まわしたっけ？　思い出すことができず、三角コーナーに挽きかけの豆を捨てた。最上級の一杯を淹れよう。

ストックケースにクローバー・ブレンドを仕舞い、ブラジルを取りだした。コーヒー豆の本場ブラジルの国内コンテストで優勝した、キング・オブ・キングだとマスターがいつにも増して自信ありげに語っていたものだ。

このレベルの豆は今度いつ入手できるかわからないから、ここ一番というときに使ってね。豆のことはあまり語らない奥さんからもそう言われた。

コーヒーを淹れる。自分にできる精一杯のこと。

後悔という闇の中に、たった一筋差し込む光――。

第二章

三年前の夏――。

斑丘《まだらおか》高原に行かないか、と提案したのは村井隆明《たかあき》だった。

長野県と新潟県の境に位置するスキー場で有名なこの場所に、叔父が別荘を持っているのだという。深瀬にとって「別荘」という言葉が日常会話の中に出てきたのは初めてだったが、父親が県会議員をしている村井が取り立てて自慢するふうでもなく、当たり前のように口にしたことには、何ら違和感を抱くことはなかった。

七月の頭、研究室には珍しく、ゼミ生全員が揃っていた。おもしろそうだな、と谷原康生《やすお》が声を上げ、隣席の浅見に、なあ、と同意を求めた。深瀬は耳に神経を集中させていたが、視線はノートパソコンの画面から外さずにいた。

自分の半径三メートル以内で行われている会話に、必ずしも自分が含まれているわけではないということは痛感している。話題の映画を観に行こう、新しくできたラーメン屋に行ってみよう、そんな言葉につい反応した後で、えっ、おまえも行くの？と露骨に言われ、何度、突然、用事を思い出したフリをしたことか。

自分は色を持たない空気人間なのだ。おもしろそうな話が聞こえても反応してはならない。誰もおまえなど誘っていないのだから。そう胸の内でつぶやきながら、提出日はまだ先の課題を、さも締め切り間際のように装いながら空疎な文章を打ち込んでいたのだが……。

「深瀬はどうだ？」

谷原が名指しで訊いてきた。

「せっかくだから、みんなで行こうぜ」

屈託のない笑顔を向けられて、深瀬は数秒とまどった。一定の人数、三十人、四十人いればとうてい同じグループに所属することはないだろうと思われる、中心グループのリーダー的存在。明るく、スポーツ万能で、機転のきく人気者。そんな谷原が「みんなで」と自分を誘っている。

「まあ、この時期だからさ、無理にとは言えないけど」

このとき、就職の内定を得ていたのは谷原と村井だけだった。大手商社である九条《くじよう》物産に決まった谷原にとっては、すでに思い出作りの期間に入っていたのかもしれない。村井は親戚の経営する建設会社で数年働いた後、県議の父親の秘書となり、ゆくゆくは政界に進出することになるだろうとのことだった。

「浅見はどうする？」

返事をしない深瀬を後回しにするように、谷原は浅見に訊ねた。

「俺は一次試験の後なら大丈夫」

教員採用試験を受ける浅見はそう答えた。一次試験は七月の第四週に行われ、盆前に合否の結果がわかり、受かっていれば八月二十五日前後に二次試験が行われる。二次の勉強はしなくていいのか？　と問う谷原に、面接と論文だけだと浅見が答え、ならば八月の頭辺りがいいのではないかと話が進んだ。

同じ内定を得ていない立場であっても、浅見のように第一志望の試験がまだこれからであれば、聞く方も答える方も抵抗はなかったはずだ。しかし、都市銀行など、大手企業の採用が全滅だった深瀬には、いくら谷原であっても、ストレートには訊いてこなかった。それは、広沢にも共通することだった。

地元に戻るかどうか親ともめているうちに、気が付けば就活から取り残されていた。深瀬のアパートでコーヒーを飲みながら、広沢がぼやいていたことがある。確

か、深瀬が第一志望の都市銀行を二次試験で落とされた日だった。しかし……、

「広沢はどうだ？」

「おもしろそうだし、行きたいな」

広沢は悩む様子なく答えた。広沢が行くなら、と深瀬が谷原の方を向いたタイミングでもう一度誘われた。

「なあ、深瀬も行こうぜ。みんなで楽しもう、な」

「じゃあ、俺も……」

深瀬が答え終わらぬうちに、谷原は、よし、と声を上げた。

早速、村井と谷原を中心に地図やスケジュール帳を広げ、計画を立て始めた。八月の第一週、火・水・木の二泊三日と決まった。

ふと、夏場のスキー場で何をするんだ？　と谷原が真顔で村井に訊ねた。ゴルフ場やパラグライダー、熱気球などのアクティビティ施設が近くにあるが、とりあえずバーベキューをして、夜通し周囲に気兼ねなく騒ぐだけでも楽しいのではないか、と村井は答えた。昼間はのんびり本を読むのもいいな、と浅見が言い、深瀬も同意するように頷いた。フリスビーを持って行こうかと広沢が言い、トランプだのＵＮＯだの、とりあえずおもしろそうなものは自己責任で何でも持参しようということになった。

もしも、このメンバーで小、中、高、と過ごしていたら、と深瀬は考えた。特に、谷原のように「みんなで」が口癖のリーダーが同じクラスにいたら。自分と同じグループの数人だけではなく、皆が快適に過ごすことを考えられるヤツが仕切っていれば。それはそれで鬱陶《うっとう》しいときもあるかもしれないが、少なくとも、自分はわき役もしくは引き立て役、という劣等感から多少なりとも解放されていたのではないか。

村井は我が強く強引なところがあるが、こいつらも誘うのか？　という表情はいっさい見せなかった。もともと、物事をあまり深く考えるようなタイプではない。自分が楽しめることが第一というのは、普通の仕切り屋と同じだが、自分の立場を守るために、他人を貶《おとし》める姿を見たことはなかった。よくよく観察すれば、背格好も顔も成績も運動神経も、特別秀でてはいないように思えるのだが、内面からあふれる自信が実質よりひと回り大きく見せている。深瀬はそんな印象を村井に持っていた。

計画を立てるといっても、日程さえ決まれば、あとはほぼ全部村井の仕切りだった。メンバーの中で唯一自分の車を持っている村井が愛車のＲＡＶ４を出し、免許証を持っていない谷原と深瀬以外の三人が交代で運転をすることになった。バーベキューの道具は別荘にあり、炭や網、使い捨てのこまごましたものも、五人の中で唯一自宅暮らしをしている村井が用意してくれるという。

「なんか、申し訳ないんだけど」

黙って従うつもりだったが、つい、そう口にした深瀬に、村井は少し考えて、じゃあコーヒーは深瀬にまかせるよ、と言った。途端に、深瀬は斑丘高原行きが心の底から楽しみになった。

そして、当日。

集合場所である谷原のアパートに近いコンビニに、午前九時丁度に行くと、村井以外の三人がすでに集まっていた。自分が最後でなくてよかったと、ほっとしたのも束の間、谷原から村井が昨夜、事故に遭ったと聞かされた。

彼女と車でデートをしている最中、信号待ちで追突されたのだという。幸い、村井にケガはなかったが、車は損傷し、シートベルトをしていなかった彼女は頭にケガを負ったらしいと。

「じゃあ中止？」

豆やドリッパー、ネルフィルターなどのコーヒーセットを詰め込んだバッグを横目に、深瀬は谷原に問うた。

「いや、みんなで楽しんできてくれってさ」

谷原は駐車場に停めてあるシルバーのヴィッツを振り返った。村井の母親の車だった。荷物を積むためにトランクのドアを開けると、大きなクーラーボックスが目に留まった。バーベキュー用の肉まで、村井は用意してくれていたのだという。

「まあ、村井がケガをしなかったのは幸いだったし、全部片付いたら合流するかもって言ってたからさ、先に俺たちで楽しませてもらおうぜ」

野球部のキャプテンだった谷原がチームメイトをまとめるように言い、皆で頷き合ってから車に乗り込んだ。運転席には浅見がまわった。

「広沢も春に免許とったばかりだし、高速乗って落ち着くまでは俺が運転するよ」

「悪いな」

広沢は素直に従った。助手席に谷原、後部座席に深瀬と広沢が並んだ。そうだ、と深瀬は足元に置いたデイパックのファスナーを開け、蓋付きのサーモカップを取り出した。

「運転できない代わりに、コーヒーを淹れてきたんだ」

「気が利くな。砂糖は？」

浅見がカップを受け取りながら訊ねた。

「入ってる。ミルクも」

広沢の好みに合わせて作ったものだった。浅見が一口飲んだ。うまい、と声を上げる。ちょっと俺にも、と谷原がカップを奪った。

「ホント。一気に目が覚めた。浅見、これ全部飲む？」

「当然。譲らないからな。いねむりしたら困るだろ」

浅見がカップを取り返した。いねむり運転対策なら俺もしているぞ、と谷原がMDをカーステレオにセットした。コーヒーを一気に飲み干した浅見が、今時MDかよ、と突っ込みながらエンジンをかけると、軽快な洋楽が流れ出した。

天気予報では曇りのち雨だったが、空は快晴。村井の不参加というアクシデントはあったが、上々の滑り出しだった。

車中、七〇、八〇年代を中心とした洋楽をBGMに、谷原がしゃべり続けていた。『サーフィン・U.S.A.』を知ってる知らないとなったのもこのときだ。世界平和の合言葉だの、心を満たす最強のエナジーだのとひとしきり偏った音楽愛を語ると、話題は野球へと変わった。

小学生の頃から投手として活躍していた谷原は、肩の故障のため大学のクラブや同好会には入らず、地元の少年野球のOBで結成した草野球チームに所属し、月に二度、埼玉の実家に戻って練習に参加していた。旅行の一週間前に行われた、長年のライバルチームとの試合で、劇的な出来事があったという。

「九回二死満塁。勝負の局面に立たされて、柄にもなく、緊張していたんだろうな。喉《のど》がカラカラになってさ。落ち着け、落ち着け、あと一球、ってふりかぶった途端、急に目の前が真っ白になって、おまけに頭ん中まで真っ白。池谷《いけたに》の声で目を覚ましたときには、医務室のベッドの上で、あれ、投げる前に倒れちゃったのかな？　って慌てて飛び起きると、なんと、俺、ちゃんと投げきった上に、ピッチャーゴロ拾って、ホームに送球してたってんだからびっくりだよ……」

池谷とか、チームメイトの名前を言われても、誰一人知らなかったが、谷原の気合いの入った話しぶりに気おされ、すごいな、と相槌を打つことができた。広沢はのんびりとした笑みを浮かべて聞いていた。冷静に返したのは浅見だ。

「おまえ、それ、今、元気そうだからいいけど、熱中症になっていたんじゃないか？　緊張するようなタイプじゃないだろ。喉が渇いたって思ったら、おかしな脳内ナレーションする前に、水飲めよ」

ハンドルを握ったまま淡々と話す浅見は、深瀬から見れば、若干きつい物言いのように思えたが、谷原が気分を害する様子はなかった。

「浅見先生の言う通り！　生徒の健康管理も教師の仕事になっちまってるからな。でも、あそこでタイム取って水飲みに行っちゃ、みんな、一気にしらけるだろ。人生はドラマチックに。なあ、広沢」

いきなり谷原に振り向かれ、広沢は一瞬、はあ？　と面食らったような顔をしたが、普通が一番だって、と軽く流すように言い返した。つまんねえな、と谷原は大袈裟《おおげ》に肩をすくめて前を向き、サビの部分に差し掛かった音楽に合わせて陽気に歌い始めた。振られたのが自分でなくてよかった、と深瀬は安堵の息をついた。

つまんねえな。谷原が怒っていないことはわかっている。それでも、旅行に参加させてもらっている身としては、相手が気分を害するような言動をしてはならないと、必要以上に身構えてしまうのだ。そこにこの言葉は口にした本人が思う以上に突き刺さる。

広沢はやれやれといった半笑いの表情で窓の外に目を向けているが、内心、かなり気にしているのではないか。フォローも兼ねて、何か盛り上がるようなことを言わなければ、と思った。

「次のサービスエリアで、テレビでも取り上げられたご当地から揚げが売ってるらしいんだけど。みそだれを付けて食べるんだって」

案の定、一番に反応したのは谷原で、休憩がてらサービスエリアに寄ることになった。地鶏のもも肉を一晩、特製のタレに漬け込んで揚げた外はカリカリ、中は肉汁が溢れ出すほどにジューシーなから揚げを、辛みそに付けながら食べるというもので、四人で二パック買い、旨い旨い、とつつきあった。つまんねえな、も吹き飛んでいく。猫舌の深瀬が三口に分けて食べたから揚げを、広沢は一口で頬張った。

「広沢、ちゃんと噛んでるのか？」

浅見が訊ね、

「ホント、いつ見ても、気持ちのいい食いっぷりだよな」

と谷原が広沢を見上げた。

身長百八十五センチの広沢を見ていると、深瀬は幼い頃に絵本で読んだ日本昔話に出てきた大男を思い出した。一本線で描かれる目は笑っているのか眠いのか判別がつかない。村の子どもたちからはうすのろとバカにされるが、動物や小鳥たちにいつも囲まれている心優しく気のいい青年。さしあたり、自分はリスかイタチといったところだが、一緒にいると心地よい。

車に戻ると、谷原が今度は深瀬に振り向いた。

「から揚げ、大当たりだったな」

満面に笑みを浮かべて言われると、当然、嬉しくはあったが、特別なことをしたという意識はなかった。旅行をするからには、目的地やそこに辿り着くまでの、観光スポットやグルメ情報、話題の店を調べておくのは当たり前の行為ではないのか。パソコン、携帯電話、誰でも持っているツールで簡単に得られる情報だ。だが、深瀬以外の三人が、この先のコースにおいてもまったくそういった下調べをしていないことに、から揚げを食べながら気が付いていた。

「スイーツは何かないのか？」

谷原に訊かれ、二つ先のサービスエリアで高原ミルクを使ったプレミアムプリンが食べられることを伝えた。そこにも寄ることになり、その後も、フランクフルトやみそおでん、メロンパンなど、次々と頬張っていった。

「そろそろ、夜のバーベキューのことを考えないか」

食い倒れツアーのような状態にストップをかけたのは、やはり浅見だった。初めこそ、調べてきたポイントがすべて採用されることを喜んでいた深瀬だったが、自分から打ち切ることができず、浅見の言葉は渡りに船だった。

「名物は別腹だろ」

谷原はぼやきながらも、強行突破を示すほどではなかった。

「確かに食い過ぎだな」

浅見に同意したのは、まだまだ腹に余裕のありそうな広沢だった。深瀬は広沢が反論するところを見たことがなかった。二人でいるときも同じだった。昼食や見たいDVDで意見が分かれても、そっちでもいいよ、と従うのはいつも広沢の方だった。

サービスエリアで満腹になったにもかかわらず、長野県に入って高速道路を降り、のんびりと県道を走りながら、とっくに正午をまわっていたことに誰ともなく気付くと、昼食はどうしようかという話になった。

「どこかおすすめのところは？」

谷原に訊かれ、深瀬は一キロほど進んだ先に、〈アルプス庵〉という蕎麦屋があるはずだと伝えた。

「アルプスの天然水を使った水蕎麦が食べられるらしい」

「水蕎麦？　聞いたことないけど、旨そうだな」

すんなりと同意を得て、水車の回る蕎麦屋に辿《たど》りつき、車を降りたときだった。

「悪いけど、俺、あっちの店に行ってもいいかな」

広沢が来た道の方を指さした。百メートルほど戻った辺りに赤い三角屋根の建物が見えた。

「レストランか？　せっかく信州まできたんだから、みんなで蕎麦を食おうぜ」

谷原が言った。

「でも、斑丘高原豚のカツカレーって看板が出てたんだ」

「そっちも旨そうだな。ていうか、カレーなら仕方ないか」

広沢は学食ではいつもカレーを食べていた。カレーなら毎日どころか、三食続けても飽きないのだという。好き嫌いはなく大概のものなら、旨い旨い、と口にしながら食べていたが、カレーに関しては貪欲で、旨いカレー屋があると聞けば、そのためだけに半日かけて出かけていったと聞いたこともあった。

斑丘高原豚、という響きに深瀬も魅力を感じたし、広沢に合わせてもよいような気もしたが、なんせ腹はまだいっぱいで、蕎麦なら入るが、カツカレーを一皿食べ切れる自信はなかった。

「俺は蕎麦にするよ」

浅見が言った。

「高原豚と、天然水の水蕎麦。俺も蕎麦に一票かな」

谷原が水車小屋を振り返った。素朴な雰囲気の建物に深瀬も心ひかれたが、谷原と浅見と三人で食事を取るよりは、広沢と二人の方がくつろげる。どうしようか、と問いかけるように広沢を見た。

「悪いな、深瀬。せっかく調べてくれたのに。みんなで楽しんできてくれよ」

そう言って広沢は走り去ったため、谷原と浅見と三人で蕎麦屋に入ったのだが、居心地だの会話だのと気にすることすら忘れてしまうほどに蕎麦を楽しむことができた。

メニューは「水蕎麦」のみだった。注文すると、普通のざる蕎麦と変わらない、せいろに載った蕎麦が運ばれた。蕎麦つゆの入ったとっくりと猪口《ちょこ》、ねぎとわさびの載った小皿もある。しかし、その横に、塩の載った小皿と、冷水の入ったガラスの猪口も添えられていた。テーブル脇に「お召し上がり方」という紙があり、それによると、まずは蕎麦を冷水にくぐらせて食べるよう書いてあった。

「なるほど、だから水蕎麦なのか」

そうつぶやいたのは、谷原だったか浅見だったか。あまり気乗りのする食し方ではなかったが、三人とも指示に従った。

冷水に蕎麦の先をさっとくぐらせ、口に運ぶ。ひんやりとした感触とともにつるりと蕎麦が滑り込み、口から鼻の奥までいっぱいに蕎麦の香りが広がった。これまで蕎麦やうどんそのものの味や香りを意識したことはなかった。のど越しと歯ごたえ、そして、つゆの味を楽しむものだと思っていた。しかし、改めて、いや、その時初めて、蕎麦の香りを理解することができた。

次は塩を付けろと書いてある。アイボリーがかった瀬戸内海《せとないかい》の藻塩《もしお》は舌に直接触れてもしびれることがないまろやかな塩辛さで、それを箸先でほんの少し蕎麦に付け、つるりとすすると、口の中に甘味があふれた。これが蕎麦の味か、と開眼し、目から鱗《うろこ》とはまさにこのことだと噛みしめるように飲み込んだ。

後はお好きな食べ方で、蕎麦つゆも蕎麦の香りと味を引き立てる風味と辛さに調節している、とあった。満腹だったはずなのに、三人とも蕎麦を一枚ずつ追加注文した。

「大当たりだったな」

谷原が携帯電話で写真を撮り、メール送信した。彼女にか？　と浅見が問い、村井にだ、と谷原が答えた。サービスエリアからも何度かメールを送ったが、返信はないのだ、とも。

「あいつが返信しないって、よほど事故処理、大変なんだろうな。合流はやっぱ難しいかな」

残念そうに谷原は携帯電話を仕舞い、浅見も神妙な表情で頷いた。

「来れるといいのにな」

深瀬も言ってみたが、それほど強くは望んでいなかった。村井なら事前にグルメ情報を調べていたかもしれない。たとえ深瀬の情報の方が魅力的だったとしても、村井は自分のプランを主張するはずだ。これくらいのバランスがちょうどいい。

蕎麦そのものの味もいいが、やはりつゆで食べるのが一番いいな、などと言いながら外に出ると、すでに広沢が車の脇に立っていた。携帯電話を出していたが、三人の気配を感じると、すぐにポケットに仕舞い片手を上げた。

「高原豚はどうだった？」

谷原が訊ねると、広沢は満足げに、靴ほどの大きさのカツが載っていたのに、旨すぎてあっというまに平らげてしまったのだと答えた。

「カレーは辛いのに、肉が甘くて、絶妙なバランスって感じかな」

どんなに旨いものを食べても朴訥《ぼくとつ》な表現しかしない広沢にしては、珍しい言い方だった。余程のことだったのだろうと、深瀬が高原豚に思いを巡らせている横で、そっちも食いたかった、と谷原が子どものように声を上げた。

「帰りに寄ればいいじゃないか」

浅見が言った。

「そうか。おまえ、それ、もっと早く思い付けよ。そうしたら、広沢も今日は蕎麦にして、明後日、カツカレーをみんなで食えば両方楽しめたのに。なあ」

谷原が広沢を見上げ、その延長で、三角屋根のレストランに目をやったが、帰りに皆でそこに行くことはなかった。

蕎麦屋からは広沢が運転を替わった。道幅が広く交通量の少ない田舎道に入ったからだ。窓からの風景も、建物が徐々に消え、青々と伸びる稲を湛《たた》えた田園から、まだ実の青いリンゴ畑、レタス畑、などへ移り変わっていった。ところどころ花畑も広がっている。

運転手が交代しても助手席のままの谷原は相変わらず『サーフィン・U.S.A.』になると歌い出していたが、驚いたことに、谷原の熱唱に混じり、広沢も口ずさんでいるのが聞こえた。

「歌と景色が合ってないだろ」

浅見の口調もいつもより弾んでいるようだった。

「山で視線を止めるからダメなんだ。もっと上、空を見てみろよ」

谷原に言われる前から、深瀬は空を見上げていた。雲が徐々に広がっているが、まだまだ青い。そして、自分も膝の上に乗せた指先でリズムをとっていたことに気が付いた。

正直なところ、何を楽しむのかよくわからない旅行だと思っていたが、気が置けない仲間と見知らぬ土地を車で走るだけでこれほどに気分が浮き立つものかと、深瀬は冷房の効いた車内で、頬が勝手に紅潮していくのを感じた。

隣に座る浅見に気付かれないよう、さらに顔を窓際に寄せると、進行方向に道の駅が見えた。「斑丘高原ミルクのソフトクリーム」というのぼりに、谷原も目を留め、あれを食おう、と声を上げた。広沢は緑色の屋根の建物の方向にハンドルを切った。

「信州つっても、やっぱ、暑いな」

ソフトクリームをなめながら谷原が言ったが、建物の外にあるテーブルについているのが苦にならない程度の暑さだった。ソフトクリームが食べるペースを追い越して溶けていくこともない。

辺りに目をやると、サービスエリアほどではないが、観光客の姿はちらほらあった。自分たちと同じような、大学生らしき集団も見えた。カップルの姿もあった。

「おまえ、土産買っとかなくていいの？」

浅見が谷原に問うた。谷原には同じ大学に、付き合って二年経つ彼女がいることを深瀬はそのとき初めて知った。みんなを連呼する谷原もこのときは、みんなは？　と訊かなかった。

「帰りでいいよ。それより、あっちに市場っぽいのがあるけど、野菜とか買っておいた方がよくないか？」

土産物コーナーやフードコートのある広い横長の建物の横に、プレハブの倉庫のような建物があり、「高原野菜市場」と看板が出ていた。それもそうだ、とソフトクリームを食べ終えた手のカスを払い、四人で市場へ向かった。

レタス、キャベツ、トマト、ピーマン……、彩り豊かな野菜はどれもこれも新鮮で旨そうに思えた。値段も百円、二百円と手ごろで、広沢が持ったカゴにそれぞれが思い思いに入れていった。実家の母親が見れば、息子はこんなに野菜好きだったかと驚くに違いないと、ついおかしくなってしまったほどだ。

「高原って言葉に踊らされてるよな」

真赤なトマトが三つ入ったビニル袋をカゴに入れながら谷原が言い、

「今頃、気付いたのか」

と笑う浅見も、子どもの握りこぶしほど大きなマッシュルームが詰まったビニル袋もろこしを五本、カゴに入れた。一つで十分だろ、と谷原が一袋戻す。広沢も粒の揃ったとうもろこしを五本、カゴに入れた。村井の分だな、と谷原もトマトをもう一袋追加した。

奥の一角はパンコーナーになっていた。自家製酵母のパン、米粉を使ったパン、といった手書きポップとともに、手作り風の素朴なパンが並んでいた。

「明日の朝ごはん用に買っとく？」

深瀬が訊ねると、じゃあ朝飯はおまえにまかせるよ、と谷原が返した。店番のおばさんに愛想よく話しかけたところ、土産物コーナーに地酒や地ビールを置いてあることを教えてもらい、そちらが気になっている様子だった。浅見と二人で出て行ったのを目で追ったあと、後ろにいた広沢に、どのパンにしよう、と問うたのだが、

「忘れないうちに一つ、土産を買っておきたいんだけど」

と言われ、ああ、と答えると、野菜でいっぱいになったカゴを深瀬に託して、小走りで出て行った。盆には実家に帰ると言っていたから、その手土産だろうか、と思った。

自分は就職が決まるまでは帰らないと決めていた。そっちで決まらないなら、知り合いのなんとかさんに口を利いてもらおう、などと勝手に地元での仕事を決められて

はたまらない。不採用通知を受け取るごとに心が折れたが、あそこには絶対に帰らない、という思いでどうにかまだ、就活を続ける意欲を保つことができていた。

まかされた、というよりは押し付けられたのだから、好きなものを選べばいい。深瀬は「石窯《いしがま》焼きのクルミパン」と手書きのラベルが貼られた直径二十センチはありそうな丸いパンをカゴの野菜の上にのせた。

パンの横の棚には小さな瓶が並んでいた。ジャムや蜂蜜だ。いずれも「森川《もりかわ》さんちのジャム」「森川さんちのハチミツ」と手でちぎったような和紙に筆書きされたラベルが貼られていた。高原よりも個人名の方が心惹かれるな、と深瀬はジャムの瓶を一つ手に取った。紫色なのでおそらくブルーベリーなのだろうが、果物の名前は書かれていない。赤いのはイチゴ、黄色いのはリンゴではないかと推測し、リンゴの瓶をカゴに入れた。

蜂蜜も一つ買っておくことにした。こちらはジャムと違い一種類だ。カラメルソースのような濃い褐色の蜂蜜は、アルプスの自然のエキスがぎっしりと詰まっているようで、その場でペロリと舐《な》めたい気分になった。

サラダ用に「たま江おばあちゃんのドレッシング」と名前プラスおばあちゃんという最強のフレーズが並んだ瓶をカゴに入れ、最後に、大事なものを忘れていたではないかと、「たま江おばあちゃんの焼き肉のタレ」と書かれた瓶を手に取ったところで、谷原、浅見、広沢が一緒に戻ってきた。

会計を済ませて荷物をトランクに入れ、完璧だな、とドアを閉めながら満足そうに谷原が言ったが、西の空、高い山々の向こうに黒い雲が見えていることに浅見が気付いた。

「山の天気は変わりやすいっていうもんな」

皆、さして気に留める様子もなく、しかし、雨が降り出す前に別荘に着くことを目標に、車に乗り込んだ。ここからは浅見が運転席に戻った。

平地をしばらく走っていたが、徐々に高く連なる山々が眼前に迫ってきた。なだらかな坂道をいくつか蛇行すると、小さな温泉街に出た。ここもスキー場で有名なところで、シャッターの下りたスキー用品のレンタルショップが数軒並んでいた。そこを抜けると、「斑丘高原スキー場」という看板が現れた。数メートル先で左折という案内が出ていたが、車はまっすぐ進んだ。

「もう少し先に、上級者コースに直結する道があって、そこを登っていくんだ」

ハンドルを握ったまま浅見が言った。家の近所をメインに使われているのか、村井の母親の車だというヴィッツにはカーナビがついていなかった。しかし、浅見は一度も道に迷うことも、途中で地図を確認することもなかった。おそらく、事前に念入りに調べていたのだろう。

「まあ、スキー場に別荘を建てようってくらいだから、よほどの腕前だろうし、周りにペンションとかがある場所じゃや、落ち着かないよな」

谷原が窓を開けた。

「なんだ、涼しいじゃん」

深瀬も窓を開けてみると、ヒンヤリとした風が頬に当たった。エアコンを停め、すべての窓を全開にした。空には灰色の雲が広がり、空気にも少しばかり湿っぽさを感じたが、決して不快なものではなかった。道路の両側に高い針葉樹の林が広がっているため、森林浴をしているような気分にもなれた。

辺りに建物がなくなり、道路の両側が森林のみとなったところに、小さな看板が現れた。「西斑丘高原」と書いてある。車は看板が示す左方向へと曲がった。先の予測できないカーブが曲がっては現れ、一つ曲がるごとに道幅が狭くなっていった。深瀬は乗り物酔いをする体質ではなかったが、それでも、視線を遠い場所に固定していないと、目が回るようだった。大きなカーブをゆるやかに曲がると、右手側の視界が開け、眼下に切り立った崖が広がった。

「対向車が来たらどうするんだ？」

谷原がシートベルトを握りしめ、フロントガラスから崖の下、谷底を見下ろしながら言った。山間の斜面を軽く削った程度の細い道の、崖に沿った側にガードレールはあるが、車が激突したのか、窪《くぼ》んだ箇所がいくつも見られ、まったく安心できるものではなかった。助手席の後ろ、山側の席でよかったと隣の広沢に気付かれないよう、深瀬は胸をなでおろしたが、車ごと谷に落ちてはどちらも同じ、一巻の終わりだ。

「おまえが言ったことって、わりと現実になるから、ちょっと黙っててくれないか」

浅見がまっすぐ前を向いたまま言った。はいはい、と谷原はカーステレオのボリュームも下げた。

「別荘は、電気は通ってるんだよな」

広沢が言った。

「一通り全部揃ってるらしいから、大丈夫じゃないか？　道はこんなんだけど、スキー場に続いてるわけだし、さすがに電気は通ってるだろ」

谷原が答えた。

「なら、いいんだ。さっきから外灯がまったく見当たらなくて気になっただけだから」

広沢に言われ、深瀬もそれに気が付いた。到着が夜になっていたら、さらに緊張感の増すドライブになっていたはずだ。あ、と谷原が声を上げた。

「なんだ、アンテナ立ってんじゃん。一本だけど」

腕だけ後ろに伸ばして携帯電話の画面を見せられる。命綱を確認したかのように、深瀬もほっとした。

「浅見、安心しろ。事故ってもＪＡＦを呼べるぞ」

「だから、そういうことを口にするなって」

軽口を叩いた谷原に、半ば本気で怒ったように浅見は言った。

一時はどうなることかと不安を抱いた山道も、ほどなくして、乗用車がすれ違えるほどの道幅となり、カーブもゆるやかなものになった。森林が途切れ、赤茶けた色の一人乗りのリフトが見えた。当然、停まっている。

浅見がゆっくり走っていた車をさらに減速させた。

「リフトが見えたら一本目の左側の脇道に入るっと、これか……」

舗装されていない脇道に入ると、青い三角屋根の建物が山肌の窪みに埋め込まれたようなかたちで建っていた。村井の叔父の別荘だ。

屋根付きのガレージに車を入れ、谷原が村井から預かった鍵で玄関ドアを開けた。

シーズンオフのスキー場にある別荘と聞き、埃のたまった室内を深瀬は想像していたが、村井の叔父一家が宿泊したばかりなのか、清掃業者に頼んだのか、床も家具もきれいに磨き上げられていた。スイッチ一つで電気もついた。

「叔父さんの寝室とか、立ち入り禁止の場所は全部鍵がかかってるらしいから、逆にドアが開く部屋はどこでも使っていいってことだな。とりあえず、荷物を全部運び込もう」

谷原に言われ、四人でバケツリレーをするようにカバンや食材などを運んでいると、頰に雨粒を感じた。

「ギリギリセーフだったな」

浅見が心底ほっとしたように空を見上げた。出がけにコーヒーを一杯用意したくらいで運転をまかせきったことに、深瀬は少しばかり罪悪感を覚えた。

「運転、お疲れさん。食事の準備は俺がやるから、ゆっくりしてくれよ」

深瀬が言うと、浅見はまかせたと笑ったが、バーベキューは無理そうだな、と再び空を見上げた。まだ四時を過ぎたばかりだというのに、日暮前と見紛うようなどんよりと暗い色をしている。

しかし、台所のテーブルの上には、ホットプレートが置かれていた。どこまで用意周到なのだと感動すらしてしまう。

「今夜にでも台風が関東に上陸だってさ」

台所の隣、暖炉のある広い居間のテレビをつけた谷原が言った。テレビ画面の天気図は東日本全体が徐々に雨雲に覆われようとしていた。

「晴れ間をぬってここまで来れたんだから、逆にラッキーだったかも」

深瀬の言葉に三人が頷いた。

後に深瀬は後悔する。運の強い谷原が口にしたことは現実となり、運のない深瀬が口にしたよいことは反転するのだと。テレビ画面は強い風雨に見舞われている静岡の漁港に切り替わった。その雨音に、窓の外の音が重なった。こっちも本降りか、と谷原がテレビを消す。

コーヒーを淹れようか、と深瀬は提案しようとしたのだが、

「外に出るのはやめといた方がいいな。早いけど、晩飯の用意して、飲みまくろうぜ」

谷原に言われ、台所に向かった。谷原も、運転手は寝ておけ、と浅見と広沢二人に

声をかけたが、広沢は自分は運転したうちに入らないからと台所へやってきた。

「おい、めちゃくちゃいい肉だ」

谷原が村井から預かったクーラーボックスを開けて言った。高級肉に普段縁のない深瀬でも、一目見てわかるほど、見事なさしの入った牛肉が、焼き肉用にカットされ、B4サイズほどの黒いプラスティックのトレイにきれいに並べられていた。それが五パックもあった。

「俺は今から村井を、村井さま、と呼ぶぞ」

谷原が牛肉を拝むように言い、深瀬と広沢は、俺も、俺もと手を合わせながら声を上げて笑った。そっちの方が楽しそうじゃん、と浅見も台所にやってきて、結局、四人で準備を始めることになった。

谷原と浅見は缶ビールを開け、軽く乾杯してから作業を始めた。ソフトドリンクを何も買っていなかったことに気付いたが、ここなら水道水も旨いだろうと、あまり気に留めなかった。

深瀬がタマネギの皮をむく横で、広沢は慣れた手つきでピーマンを切っていた。谷原と浅見がキャベツを手で千切るか包丁で切るかでもめたが、焼き野菜用と生食用で両方用意すればいいではないかと一瞬で片付いた。皆、気が付くと、長いドライブで頭の中にしみ付いてしまった音楽を、口ずさんだり、ハミングしながら手を動かしていた。ゼミの山本教授はかつらではないかと、谷原ではなく、浅見が真面目な顔で言い出し、大笑いした。

広沢も笑っていた。

嵐の夜を、笑いながら過ごすはずだった。

夕飯の準備中は谷原と浅見、共に自分のペースで缶ビールを飲んでおり、谷原が三本、浅見が二本あけていた。ダイニングテーブルの上に焼き肉の準備が整い、研究室の机の配置と同じように席に着こうとすると、谷原が台所の冷蔵庫から缶ビールを四本持ってきて、手際よく、それぞれの前に置いていった。

ありがと、などと言いながら、さっと冷えた缶に手を伸ばすことができたらどんなに楽しいだろうと、恨めしい思いで深瀬は缶を眺めた。そんな表情に気付く様子もなく、谷原と浅見はプルトップを引いた。

「じゃあ、乾杯」

そう言いながら缶を持ち上げ、谷原は気が付いた。深瀬と、そして広沢が缶を手に取っていないことに。

「悪い、俺、酒、ダメなんだ」

　先に広沢が申し訳なさそうに両手を合わせ、俺も、と深瀬も同様のポーズをとった。これまで、二人で食事をする際に広沢が酒を飲まないのは、自分を気遣ってくれているのだと勝手に思い込んでいたが、広沢も飲めなかったとは。そういえば、飲める飲めないの話をした憶えもなかった。アルコールを飲める者と飲めない者、半数ずつなら肩身の狭い思いをすることはないと、胸をなでおろしたのだが。

「どうなってんだ？　これじゃ、みんなで来た意味がねえじゃん」

　谷原はあからさまに不満げな声でそう言うと、木のテーブルに叩きつけるように自分の缶を置いた。ガン、と響いた音に、深瀬は身をすくめた。そんな言い方しなくても、と浅見がなだめるように言ったが、あーつまんねえ、と谷原はそれすらも遮った。

　ごめん、と深瀬がつぶやく声など、谷原には聞こえもしなかったようだ。矛先はまず、広沢に向いた。

「広沢なんか、昼飯も別行動だったし。カレーが食いたい、酒は飲めない。マイペースっていうより、ただの自己中じゃん」

「体質ってもんがあるだろ……」

広沢はバツが悪そうにテーブルの一点を見つめながらつぶやいた。何だって？　と谷原が倍の大きさの声で訊き返した。まあまあ、と浅見が割って入り、深瀬の方を向いた。

「深瀬は飲めないんじゃなくて、飲んだことがないんじゃないか？」

「いや……」

飲み会にまったく縁がなかったような言われ方も心外だったが、それならどんなによかっただろうと過去を振り返った。深瀬自身、自分が飲めない体質だとは考えたこともなかった。父親は大酒飲みではないが、毎晩、晩酌にビールや日本酒を当たり前のように嗜《たしな》んでいた。銘柄もいくつか馴染みのものがあった。しかし、同級生のあいだで時折耳にする、親父にこっそり飲まされていたという経験は、深瀬にはなかった。

初めてビールを口にしたのは、二十歳を越えた正月に帰省した際だった。成人式の祝いを持ってきてくれた叔父夫婦と夕飯を共にすることになり、無礼講だな、と叔父が深瀬のグラスにビールを注いでくれたのだ。あっ、と料理を運んでいた母親が小さく声を上げたことに気付いたが、それがまだ子ども扱いされているようで、深瀬は勢いよくグラスを口に運び、口いっぱいに含んだビールをごくりと飲み込んだ。

苦い、旨くはない、でも、嫌いな味ではない。初めてコーヒーをブラックのまま口にしたときと同じような感覚だった。

今度はテイスティングするようにゆっくりと口に含んでみよう、そう思ったときだ。腹のあたりが急にムズムズした。トレーナーの裾《すそ》から片手を入れ、軽く掻いてみたが、痒《かゆ》みを感じる場所は少しずつ広がっている。どうなっているんだ？　とグラスを置き、両手でトレーナーの裾をめくると、ヒャッ、と叔母が声を上げた。

腹に、紅白の絵具を指先でランダムに混ぜたようなまだら色が浮かんでいた。背中や首筋にもみるみるうちに広がっていき、赤が白にうち勝ち、全体を赤く染め上げた途端、全身に電流が走ったような激しい痒みが襲ってきた。もう、のた打ち回るしかない。

両親は心配そうに声をかけてきたが、驚いてはいなかった。救急車を呼ぶといった慌てたそぶりも見せなかった。おそらく、幼い頃、父は自分に酒をなめさせたことがあるのではないだろうか、と深瀬は考えた。もしくは、お茶や水と間違えて、自分から飲んでしまったか。そのときも同じ症状が出たため、彼らは慣れているのだ。だから、高校を卒業しても、二十歳の誕生日を迎えても、両親は酒を勧めてこなかったのだ、と。

ならば、こうなることも事前に教えてほしかった。体の表面が痒いのなら、血がにじむほどに掻きむしれば気も紛《まぎ》れるが、皮膚の内部、五センチ、十センチ辺りで感じる何百匹もの芋虫が這《は》っているような感覚には、ただ身悶《みもだ》えながら耐えるしかなかった。ひたすら水を飲まされ、吐き倒すと、どうにかじっとしていられるくらいには落ち着いた。

そういった症状をかいつまんで説明した。

「なんか、想像できねえけど、とにかく大変なことになるんだな」

芋虫が苦手だという谷原は身震いするように両腕をさすった。

「ノンアルコールか、せめてコーラでも買っておけばよかったな」

申し訳なさそうに浅見が大きな冷蔵庫の方を振り返った。教師を目指す立場として、いろいろな体質の人間がいることを想定できなかった自分を悔やんでいるようにも見えた。

「仕方ない。味気ないけどおまえら二人は水で、気を取り直して乾杯しようぜ」

谷原もアルコールを勧めるのはあきらめたようだった。が……。

「やっぱ、俺、飲むよ」

広沢が缶を手に取り、プルトップを引いた。プシュッという音がその場の空気を和ませたように、深瀬は感じた。

「無理しなくていいんだぞ」

浅見が気遣うように言い、なあ、と谷原に同意を求めた。そうだよ、やめとけよ、と口にはしなかったが、深瀬も訴えるような目を広沢に向けた。

「いや、いいんだ。深瀬の話を聞いたら、同じ理由で断るのが申し訳なくなって。俺は単に、飲むとすぐに寝てしまうだけだから。もしかすると、片付けは全部まかせてしまうかもしれないってことで」

そう言って、広沢は缶を顔の高さに持ち上げた。

「それなら俺も一緒だよ。浅見は強いけどな。片付けなんか、明日まとめてみんなでやりゃいいさ。じゃ、そういうことで」

谷原も缶を持ち上げ、浅見も続いた。形だけでも、と深瀬も缶を手に取った。

「山本ゼミ生と……、夏の、何にもなさそうな斑丘高原の前途を祝して、乾杯！」

四人で缶をぶつけあった。鈍い音しかしていないはずなのに、深瀬の記憶の中では、薄いシャンパングラスが、澄んだ空気の中で弾け合う音が響いたように、その場面に上書きされている。

青春ドラマのワンシーンのように。

乾杯前に流れた不穏な空気など、肉を一枚食べただけで一気に霧散《むさん》した。深瀬が飲めない理由を切々と語ったり、広沢が無理して飲んだりせずとも、さらに険悪になっていたとしても大丈夫だったに違いない。

旨いコーヒーが心を和ませてくれることは日々実感していた深瀬だったが、旨い肉は心を躍らせ、自然と笑顔にさせてくれるものなのだと、肉を噛みしめながらしみじみと感じ入った。ほどよくさしの入った甘い肉は、もう少し口内に留まっていてくれと引き留めてしまいたくなるほどに、舌の上でとろけ、のどの奥にするりと流れていった。

「これまでの俺の人生で、一番旨い肉かも」

谷原が舞台役者のような大袈裟な言い方をしたが、その言葉には深瀬も他の二人も同意して、肉を頬張りながら大きく頷いた。

「なんか、村井に申し訳ないな」

肉を飲み込んでから広沢が言った。

「まあ、ここにいないのは残念だけど、肉のことは気にしなくていいんじゃないか？あいつの家じゃ、これが普通だろ」

谷原がさらに頬張りながら答えた。

「そうかな。皆で行くからって奮発してくれたんじゃないか？」

浅見が肉のトレイに目をやった。その辺のスーパーで売っているようなものではない。もしかすると後から割り勘で請求されるのではないか、と深瀬は心配になってきた。村井の親戚の別荘だからといって、食事まで村井が用意する義理などどこにもないのだ。

「気にし過ぎだって。あーっ、そっか。あいつの家行ったことあるの、俺だけか。晩飯がコース料理で出てくるんだから、まいったよ」

谷原が言った。

「それだって、おまえが遊びに行くから、特別にそうしてくれたんじゃないのか？」

「でも、コースで出るか？　もしおまえらがうちの実家に遊びに来るとして、母ちゃんが張り切ったとしても、すき焼きとトンカツとから揚げがドーンといっぺんにテーブルに並ぶ感じだぞ」

「うちと同じだ。あと、プラス、カレー」

広沢が言った。乾杯をしたあとはほとんど缶ビールに口をつけていないようだったが、少し酔ったのか、いつもよりも弾んだ口調のように思えた。やっぱりカレーか、と苦笑しながら、谷原は新しい缶ビールを取りに立ち上がった。

「俺の家では手巻き寿司だったな。肉もあった方がいいだろうって、母さんが棒状のハンバーグを作って、それも巻いて食べられるんだけど、一番人気で、だんだん具がそれだけになっていってたな」

浅見は懐かしそうに目を細めながら、谷原から缶ビールを受け取った。

「ハンバーグ手巻き寿司か、旨そうだな。深瀬の家は？」

広沢に訊かれた。盆や正月には、深瀬の家でもそれなりにごちそうと呼べるものが並んだが、話の流れからして、友人を家に招いた際のごちそうを答えなければならないのではないか。そうなると、言葉につまった。友人を家に招いたことなどあっただろうか。しかも、食事を振舞った記憶など皆無だ。招待されたこともなかった。いったいどういったときにそういう状況が成り立つのか。誕生日か、クリスマスか。

「うちもすき焼きかな。それか、焼き肉。こんなにいい肉じゃないけど。あとは刺身。近所の魚屋に届けてもらうんだ」

仕方なく、親戚同士で集まったときのメニューを挙げてみた。

「いいねえ、新鮮な刺身。卒業までに、全員の実家訪問をやってみたいよなあ」

谷原が言い、誰も反対はしなかったが、具体的な話にはならなかった。仕事が決まっていないのに、実家へ帰るわけにはいかない。ましてや、大手企業に決まった友人と一緒になど。広沢も同じ思いに違いないとちらり目をやると、広沢は缶の中身を飲み干すようにビールをぐびりと呷《あお》った。

それからしばらくは、外の天気を気にしながらとりとめのない話をしていた。パラグライダーや熱気球は無理っぽいな、と谷原が少し残念そうに言い、雨音が徐々に弱まっているから夜のうちにやむんじゃないか、と浅見が答えていた。が、誰もテレビや携帯電話で天気予報を確認しようとはしなかった。

とにかく、食べるのに夢中だった。肉が旨いのはさることながら、道の駅で買った野菜も負けていなかった。肉をしこたま食べ、もう腹いっぱいだと思っても、甘いタマネギと味の濃いピーマンを食べると、不思議なことにまた肉が欲しくなる。

「何が旨いって、このタレじゃないか？」

谷原が生のキャベツを手に取り、たっぷりとタレをつけて齧《かじ》った。

「ホントに。買って帰ろうかな」

浅見がタレの瓶を手に取り、ラベルを眺めた。

「材料とか、何も書いてないんだな」

「そこがいいんじゃないか？　手作り感もアップするし、秘伝の味って感じも出るしな。俺も買って帰ろ。これだけで白飯三杯はいける」

「なに貧乏くさいこと言ってるんだよ。おまえの夢は金持ちになることじゃなかったのか？」

「その通り！　プールがあってメイドのいる家に住んで、毎週、週末にはホームパーティーをするんだ。誕生日にはプロの歌手とか呼んじゃって、俺のために一曲歌ってもらうわけ」

小学生が思い描く夢のようだが、大手商社に内定を得た谷原なら、近い将来本当に実現させそうだと、深瀬は思った。海外駐在員の生活については、谷原が語ったことに近い内容を、テレビか何かで耳にしたことがあった。

「でも、谷原、小学校の時、三年ほど海外で暮らしてたんじゃなかったか？」

訊ねたのは広沢だった。

「親父の仕事の関係でアメリカにね」

谷原の父親は中堅の家電メーカーに勤務しており、谷原が小学二年生から五年生までの三年間、家族を伴って海外赴任していたという。

「単身赴任なら五年、家族連れなら三年って会社に言われて、家族で行ったんだ」

アイダホ州と聞き、すぐにポテトチップスを思い浮かべて大きな町を連想したが、隣の家まで数キロ離れているのが当たり前の田舎町だったらしい。日本人学校もなく、谷原はアルファベットもろくに書けないまま、現地の小学校に通わされた。同じクラスにもう一人いた日本人の家が、まさに、谷原の将来の夢となる暮らしをしていた。

「パーティーに来ないかい？　なんて金縁の招待状をもらってさ。てっきり誕生日なのかと思ってプレゼントを持っていったら、そうじゃないって。じゃあ、なんなんだ、って訊くと、パーティーに理由なんているのかい？　だぜ」

その子どものマネをしているのか、谷原は斜《しゃ》に構えて口をとがらせながら言った。

「意外とそいつ、九条物産にいるかもな。同じ部署の先輩だったらどうする？」

浅見がからかうように言った。小学校の同級生が先輩。そこで初めて、深瀬は谷原が一年浪人していることを知った。

「それはそれでおもしろそうだけどな。今度は俺がパーティーに招待してやるよ。ところで、浅見は教師だけど、おまえらの将来の夢は何だったんだ？」

谷原が深瀬と広沢を交互に見た。就職が決まっていないことを揶揄《やゆ》するふうでも、同情するふうでもなく、単に子どもの頃の夢を訊かれたように深瀬は解釈した。広沢も同様だったようだ。

「俺はプロ野球選手かな」

「うん？　広沢って高校時代、バレー部じゃなかったっけ？」

この情報は知っているぞ、とばかりに深瀬は訊ねた。

「あれ、言わなかったっけ？　中学までは野球部だったんだ。高校でも野球をするつもりだったけど、人数も揃わないほどの弱小チームで、迷ってるうちにバレー部からお呼びがかかって、そっちに入ることにしたんだ」

なるほど、と深瀬は頷いた。頭の中に個人ファイルがあり、そこに情報を書き込んでいく。そんな感覚を一瞬、思い浮かべた。

「俺も肩を壊すまでは、本気でプロ野球選手目指してたんだよな。女子アナと結婚するとかさ。で、深瀬の夢は？」

「夢は……」

とっさに訊かれたから答えられなかったのではない。田舎から出ていくのだ、という目標はあった。そのために受験勉強をした。田舎に帰りたくない、という意地はある。だから東京に本社のある大手企業を受けた。だが、それらは夢と呼ばないのではないか。

趣味がないわけではない。読書はかなり好きだ。しかし、作家になろうとも、出版社や書店で働きたいとも思ったことはない。好きなことを仕事にしたいという発想が、なぜ、自分にはなかったのか。……おそらく、逃げ場を用意しておきたかったのだ。

「コーヒー関係の仕事をしたいって思ったことはないのか？」

広沢が訊ねた。

「だよなあ、深瀬のコーヒーなら十分に金をとれると思うけど。数字にも強いし、喫茶店を経営しても上手くいくんじゃないか？」

浅見が言った。

「いいねえ、それ。俺、近くにできたら毎日行きたい。遠くても、そういう場所があれば卒業してもこのメンバーで集まれるよな」

谷原にも同調され、深瀬は小さな喫茶店を思い描いた。落ち着いた色調のカウンターだけの店内。そこに、このメンバーが並んでいる。いや、もう一人……。

深瀬の空想に呼応するように、電話が鳴った。谷原の携帯電話だった。

「村井からだ」

画面を確認した谷原は三人にそう言って、電話に出た。別荘の外を意識した途端、雨音がやたらと耳についた。

電話越しに村井の声は聞こえなかったが、へえそんなところまで来てるのか、などという谷原の応対で、村井が別荘に向かっていることがわかった。深瀬と浅見と広沢、三人同時にカラになった肉のトレイに視線が移り、しまった、というふうに顔を見合わせて肩をすくめた。

「迎えになんか無理だって。浅見も広沢も飲んでるし。ったく、なんでもっと早く連絡くれなかったんだよ。……はあ？　サプライズって……」

谷原が電話を離して手早く事情を説明した。村井は「西斑丘高原駅」に到着しているのだという。

「タクシーに乗ればいいじゃん。いない？　なら呼べばいいだろ。タクシー代は俺らも出すから」

谷原は要求をきっぱりとはねつけていたが、村井もゴネているようだった。

「無人駅で、店とか全部シャッター下りて辺りが真っ暗な上に、駅の待合室、雨漏りまでしてるって」

谷原が浅見に言った。別荘までの坂道を思い返し、運転を頼むなら浅見だと思っていたのだろう。浅見は勘弁してくれといった様子で思い切り顔をしかめて、別案を出した。

「一つ手前の『斑丘高原駅』に戻れば、タクシーも呼びやすいし、時間つぶす場所もあるんじゃないか？」

谷原は浅見が言った通りに伝えた。

「一時間待ち？　そりゃつらいな」

谷原はちらちらと浅見を見ながら言ったが、浅見はわざと目を逸らしていた。

「やっぱ、ちょっとの間大変かもしれないけど、タクシー呼べよ。多分、ここから迎えに行くのも、タクシーが来るのも、あんまり時間変わらないと思うし」

谷原はなだめるように言ったが、村井はキレたようだ。おまえら誰の家の別荘にいて、誰の車でそこまで行ったつもりでいるんだ。高級肉まで用意してやったのに。そう言われ、谷原はカラになったトレイに目を遣《や》ってため息をついた。

「浅見か広沢、どっちかに迎えに行かせるよ。……ああ、わかった。広沢に言っとく」

そう言って谷原は電話を切った。どっちが行く？　というふうに無言で浅見と広沢を交互に見た。

「俺は無理だからな」

浅見が言った。浅見の前にはビールの空き缶が四本置いてあり、グラスには道の駅で買ったワインが注がれていた。

「でも、この天気であの道じゃ、広沢にはきついだろ。……大丈夫だって。おまえ、これくらいならまだ、飲んだうちに入らないだろ。顔にも全然出てないし」

「呼気検査を受けたら、一発でアウトだ」

「飲酒検問なんか、こんな田舎で、この天気でやってるわけないじゃないか」

「百パーセントの保証はないだろ。それに、こんな天気だからこそ、土砂崩れなんかで警察が交通整理している可能性もある。俺は絶対に行かない」

「考えすぎだって。それに、全部お膳立てしてくれた村井が頼んでるわけだしさ」

「だからといって、将来を棒に振るのはまっぴらだ」

浅見の勢いに気おされ、谷原も黙り込んだ。浅見が教師へかける思いは深瀬も知っているほどだから、谷原はより理解しているはずだ。そういえば、小学生の頃、飲酒運転で懲戒免職になった先生がいなかっただろうか。深瀬は古い記憶にかすかに残っている新聞の三面記事を思い出していた。

「じゃあ、浅見が電話して、やっぱり迎えに行けないって言えよ」

「それは……」

「採用試験の最中に飲酒運転なんか絶対にできない、って言えば、村井だって納得するんじゃないか？」

そうするべきだ、と深瀬も思った。しかし、浅見は抵抗があるようだった。俯《うつむ》き、そして、顔を上げ……。

「広沢、行ってくれないか？」

申し訳なさそうに広沢に頼んだ。

「それって！」

思いがけず発した自分の声の大きさに、深瀬はとまどった。浅見と広沢、運転免許を持っている二人がともにアルコールを摂取している。この状態で運転することのリスクを浅見は自ら説明した。それなのに、同じ条件の広沢に頼むということは、明らかに自分と広沢を区別していると言える。

何を？　将来の夢を持ち、そこに手が届きそうな者とそうでない者。特別やりたいことはなく、就職も決まっていない広沢なら、飲酒運転で万が一警察に捕まっても、それほど失うものはないと、浅見は広沢を見下しているのだ。仮に、深瀬が運転免許を持ち、酒を飲んでいたら、広沢と同様に頼んできたに違いない。

バカにするな、と言いたかったが、そこまでは口にすることができなかった。運転免許を持っていないのだから、この議論に意見する立場にはない。しかし、他に策があるのではないか。村井を騙《だま》すようではあるが、こちらからタクシー会社に電話をして、「西斑丘高原駅」へ向かってもらう。これはいいと思い、早速、提案しようとしたのだが……。

「俺、行くわ」

ずっと黙っていた広沢がそう言って立ち上がった。食事中に交わされた、ピーマンもうちょい欲しいな、俺、切ってくるわ、と同じくらい軽い口調だった。

いいのか？　と問いかけようとした深瀬を谷原が遮った。

「サンキュ、助かるよ。安全運転でゆっくり行けばいいんだからな。それに、広沢が来たら、帰りは村井が運転するって言ってたから。下りだし、大丈夫だよな」

自転車ではないのだから、とため息をつきたい気分だった。

「念のために、広沢が行くって連絡しておくよ」

言い終わらぬうちに、谷原はメールを打ち始めた。

「鍵、どこだっけ？」

広沢が問い、俺のカバンのポケットだ、と浅見が席を立った。一人で休憩をさせられているときに、二階の寝室にカバンを運んでいたようだ。

「あと、顔を洗いたいんだけど、洗面所ってどこかな？」

「ああ、あっちだ」

谷原が立ち上がり、広沢を促して部屋から出ていった。残された深瀬は、一人だけ座っているのが居心地悪く、意味もなく辺りを見渡し、台所のシンクの端にあるサーモカップに目を留めた。運転席のカップスタンドに置いていたものを浅見が持って入ったのだろう。

深瀬は台所に向かうと、片手鍋に水を入れてコンロにかけ、その間に、居間に置いてあるカバンからコーヒーの道具を持ってきて、セットした。一杯分の湯などすぐに沸く。タオルがなかったと谷原が一度戻ってきたため、まだ時間に余裕があるようだと、ネルフィルターで丁寧にドリップさせた。

広沢、鍵だ。と玄関から浅見の声が聞こえて、広沢が洗面所から直接玄関に向かったことに気付き、慌てて追いかけた。

「広沢！」

框《かまち》に腰掛けてスニーカーの紐を締めている広沢の背中に向かい呼びかけた。顔を洗ってすっきりしたのか、振り向いた広沢の顔に緊張の色はなかった。

「これ」

サーモカップを差し出した。

「コーヒー、淹れてくれたのか？」

「こんなことしか出来なくて、ゴメン」

広沢は大きな手でカップを受け取り、飲み口を開け、目を細めて香りをかぐとパチンと閉めた。

「運転手の役得だな。ありがたくいただくよ」

そう言って立ち上がると、そのまま分厚い木のドアを開けた。

「気を付けて」

深瀬が声をかけた後ろから、すまない、と浅見が声をかけ、寝るなよ、と谷原が調子よく言った。建物の中では弱まってきたと感じていた雨音も、ドアが開いた途端に、まだ降っていることをアピールするように、ザアザアという激しい音が冷気とともに飛び込んできた。

「じゃあ、行ってくる」

広沢は片手を上げて微笑むと、雨が室内に入るのを避けるようにさっと外へ出て、後ろ手でドアを閉めた。ほどなくしてエンジンのかかる音がし、雨の中に吸い込まれていくように聞こえなくなっていった。

玄関に残された深瀬と浅見、谷原はどことなく気まずい面持ちで、互いにちらりと顔を見合っては、すっと目を逸らした。だが、ただぼんやりと広沢と村井の帰りを待っていたわけではない。

「肉も全部食っちまったし、片付けといた方がいいよな」

ダイニングルームに戻り、食い散らかした残骸を見渡しながら、浅見が言った。

「そうだね」

深瀬は手近にある皿を重ね始めた。何かしている方が気が紛れていい。谷原も皿をシンクに運んでいたが、深瀬が出しっぱなしにしていたコーヒーの道具に目を留めた。

「悪い、すぐに片付ける」

「いや、片付け、深瀬はいいよ」

谷原が言った。怪訝な顔で見返してしまったが、仲間外れのつもりで言われたのではなかった。

「朝飯用に買ったパンとかで、村井にサンドイッチか何か、夜食みたいなのを作ってやってくれないか。店も閉まってるって言ってたし、ここに着いて、腹減ったってゴネられても困るからな」

そういうことならと、早速深瀬は調理の準備にとりかかった。コーヒーの道具を手早く隅に寄せ、洗い物をする二人にシンクを譲り、包丁とまな板、食材をダイニングテーブルに運んだ。黙って作業をするのも居心地悪く、居間のテレビをつけた。台風は関東地方に上陸したらしく、各地の映像が流れている。ボリュームを上げていたため、音声は浅見と谷原にも届いたようだ。

東海道新幹線が運行を見合わせているというニュースを聞きながら、谷原が浅見に言った。

「村井もよくここまで来れたよな。どっかで足止めくうかもしれないのに。それで、タクシー呼べなんて言われたら、そりゃあ怒るよな。覚悟しとくか」

「五分位、言いたいこと言わせておけば満足するだろ。途中で茶化すなよ」

二人とも、村井の扱いは十分に心得ているようだ。初めは、少しうらやましく、ほほえましいような気分で受け止めていたが、黙々と手を動かしているうちに、胸の内にわずかに残っていたモヤモヤが再び燻《くすぶ》り始めた。

ならば、説教覚悟で、タクシーを呼ばせればよかったんじゃないか。こんなところにいたくない。そう考え、ふと、広沢と一緒に行けばよかったと思った。

どうしてすぐに考えつかなかったのだろう。迎えを待っているのは村井一人なのだから、深瀬が同乗したところで何ら支障はない。それどころか、五人乗りの乗用車なのだから、皆で乗っていけばよかったのだ。後部座席の三人は若干窮屈な思いはするだろうが、それでもワイワイ騒ぎながら乗っていると楽しさの方が勝るはずだ。機嫌が悪くなっている村井のことを別荘で案じるよりも、皆で迎えに行けばその場で解決できたのではないか。

おまえのためにこの雨の中みんなで来てやったんだぞ。そんなふうに恩着せがましく口にする谷原の姿など容易に想像できる。むしろ、一人で村井の不機嫌を受け止めなければならない広沢が気の毒だ。皆を代表して迎えに行ったのだから、村井も直接広沢を責めはしないだろうが、道中、焼き肉の話になってもおかしくない。俺の肉、残してくれてるよな、などと訊かれたら、広沢は何と答えればいい。こちらでサンドイッチを作っていることすら知らないのに。

なあ、と谷原と浅見に向かって声をかけた。二人とも酔いもすっかり覚めた様子で、てきぱきと片付けをしている。谷原は食器を棚に戻し、浅見はホットプレートの鉄板を洗っていた。うん？　と返事をしたのは谷原だ。

「村井の夜食を用意してること、広沢にメールしておいた方がいいかな」

村井に直接メールして、遠回しに肉がないことを伝える必要はない。

「そうだな。コンビニかどこかに寄りたいって言われるかもしれないしな」

谷原に言われ、深瀬はサンドイッチ作りを中断し、広沢にメールを送った。

『運転、お疲れさん。こっちは今、村井のためにサンドイッチを作ってるところ。ちゃんと広沢の分も用意しておくから、お楽しみに』

サンドイッチ作りを再開したが、返信はなかった。あのぐねぐねとした坂道を運転中なのだから仕方ない。深瀬はまったく気に留めずにいた。

片付けと夜食作りをそれぞれ終えると、谷原に頼まれ、深瀬は三人分のコーヒーを淹れた。広沢と村井が帰ってくるまでは、悠長に酒を飲める気分ではなかったのだろう。

マグカップを片手に、居間の大きなソファに三人で微妙な距離を空けて座った。谷原がテレビのリモコンを操作し、ＮＨＫしか映らないのか、と退屈そうに壁の時計を見上げた。アンティークの柱時計だったが、時を打つタイプではないようで、午後九時を回っていることに、深瀬は気が付いた。広沢が別荘を出る際に時計は見なかったが、一時間は経っているはずだった。

「そろそろ、帰ってくる頃かな」

浅見が言った。三人の視線が自然と玄関の方に向いた。そこに、谷原の携帯電話の着信音が鳴った。村井だ、と言いながら谷原が電話に出た。

「えっ？　もう一時間前に出たぞ。こっちには連絡ないし、もうじき着くんじゃないか？　もうちょっと待ってろよ」

谷原はそう言ってすぐに電話を切った。相当、村井の機嫌が悪かったらしく、やれやれと肩をすくめた。

「まだ、っておかしくないか？　ここから『西斑丘高原駅』なら、普通に走って二十分、速度を落としたとしても、さすがに一時間はかからないだろう」

周辺の地図を事前に調べていた浅見は駅の場所も把握していた。

「間違って『斑丘高原駅』に行ったとか。っていうか、俺、ちゃんと『西斑丘高原駅』って言ったよな」

谷原が言いながら携帯電話で地図の確認をした。坂道を下って、来た方向へと曲がると「斑丘高原駅」に行ってしまうことがわかった。

「どっちに着いても、村井が見当たらなきゃ、電話をするだろ」

浅見が言った。

「途中で土砂崩れか何かで通行止めになっていて、引き返しているとか」

深瀬も思いついたことを口にしてみた。

「それでも、こっちか村井に連絡するだろう」

「つつか、広沢、ケータイ持って出たのかな。あいつ、肝心なときによく忘れるし、そもそも、旅行に持ってきてるかどうかも怪しいな」

「旅行には持ってきているよ」

蕎麦屋から出たとき、先に食事を終えていた広沢が携帯電話を手にしていたのを、深瀬は思い出した。

「ごちゃごちゃ言ってないで、電話、かけてみりゃいいんだよな」

携帯電話を手にしたままの谷原が、広沢の番号を鳴らした。

「……電源を切っているか、電波の届かないところって言ってるぞ」

谷原が電話を切った。

「あの坂道でもアンテナ立ってたよな」

谷原の声が少しずつ不安を帯びていった。

「でも、ずっと確認していたわけじゃないし、途中で電波が入りにくい場所もあったかもしれない。そこで……、エンスト起こしたとか」

深瀬の頭には別の画が浮かんでいたが、あえて口にしなかった。

「もしかして、谷底に……」

「言うな！」

谷原の言葉を浅見がするどく遮った。勢いに押されて深瀬が身震いしたほどに。

「そういえば、ガレージに自転車がなかったか？」

浅見は居間を飛び出した。靴もきちんと履き終えぬまま玄関から走り出るのを、谷原と深瀬が追った。深瀬は雨が止んでいることにそのとき初めて気が付いた。それだけでも、不安が少し和らいだ。ガレージの奥にはマウンテンバイクが二台あった。幸い、施錠されておらず、タイヤの空気も十分に入っていた。

「見てくる」

浅見は言いながら手前の自転車を押し出し、またがった。

「おい、やめとけって。外灯もろくにないのに、危ないだろ」

谷原が引き留めた。

「もし広沢がケガでもしていたらどうするんだ！」

浅見は譲らない。

「仕方ねえな。俺も行くよ」

谷原も自転車のハンドルに手をかけた。

「ちょっと待って。俺も……」

行きたい、と言いかけたが自転車はもうなかった。

「一本道だから大丈夫だろうけど、もし、広沢たちと行き違いになったら困るし、深瀬はここで留守番をしていてくれ」

谷原が言い終わらぬうちに、行くぞ、と浅見が自転車をこぎ出し、谷原も続いた。闇の中に消えていくように二人の姿が見えなくなる。森の奥深くに一人取り残されたような気がして、深瀬は急いで建物の中に入った。

柱時計のコツコツと鳴る音が耳についた。こんな音を出していただろうかと睨み上げたが、時間の流れが変わるわけでもない。何か不吉なことへのカウントダウンのように思えてきて、音をかき消すようにテレビのボリュームを上げた。が、内容はまったく頭に入ってこない。

そこで会ったんだよ、と皆が笑いながら戻ってくる。自転車でお迎えとはな、と村井が茶化すように言い、お前のためじゃねえよ、と谷原がおどけて答える。道に迷っちゃってさ、と広沢が照れた様子で頭を掻き、とにかく無事でよかったよ、と浅見が胸をなでおろすように皆を見渡す。そんな想像を何度も繰り返した。自分は皆にコーヒーを淹れてあげるのだ。明日の朝食がなくなってしまうが、サンドイッチをもう少し作っておいた方がいいのではないか。

台所に立ったところで携帯電話が鳴った。広沢だ、と胸が跳ね上がったが、表示されているのは村井の名前だった。四月に互いのプロフィール交換はしたが、村井から電話がかかってきたことは一度もない。咳払《せきばら》いをして、電話に出た。

『おい、どうなってるんだ？　迎えは来ねえし、谷原も浅見も電話に出ねえし』

深瀬は谷原と浅見が自転車で様子を見に出たことを伝えた。

『事故なんて勘弁してくれよ。親に無理言って借りたのに』

車の心配をする村井にムカついた。無言のままでいる深瀬にさらに苛立ちを募らせたのか、ったくよお、と吐き捨てるように言うのが聞こえた。

『俺、タクシー呼ぶわ。皆にもおまえから言っといて』

そう言って村井は電話を切った。初めからそうすればよかったんだよ、と電話を床にたたきつけたい衝動に駆られた。しかし、と大きく息をつき、自分を落ち着かせる。村井がタクシーでこちらに向かえば、広沢が困った状態にあっても、自転車の二人よりも気付いてもらいやすいのではないか。

電話を手にしたまま広沢の番号を鳴らしたが、電源が入っていないか、電波の届かない状況にあるというアナウンスが流れるだけだった。

浅見が自転車に手をかけたあとすぐ、どうして自分ももう一台に手を伸ばさなかったのだろう。何かしていないと不安に駆られて仕方ない。パンをスライスし、ベーコンをスライスし、トマトをスライスし、きゅうりをスライスし、レタスを千切り、サンドイッチを作り続けた。全部作り終えたら帰ってくる。そんな願掛けのようなこともした。しかし、ゆっくりと最後の一枚のパンを重ねて皿に置いても、車の音も自転車の音も、仲間たちの声も聞こえてこなかった。

皆で合流したものの、晩飯にサンドイッチなんか食えるか、と村井がゴネて、ラーメン屋にでも行っているのかもしれない。昼に広沢だけがカツカレーを食べたレストランまで足を伸ばしているのかもしれない。仲間外れの設定であっても、そうであればいいと願わずにはいられなかった。

そこに、電話が鳴った。今度こそ、広沢ではないか。ひったくるように電話をとると、浅見の名前が表示されていた。無事、合流できたよ。そんな言葉を期待しながら電話に出た。

『しばらく帰れそうにないんだ』

第一声、浅見はそう言った。抑揚のない、親しくないクラスメイトに連絡網をまわすような淡々とした口調で、浅見は状況を深瀬に説明した。

坂の途中、崖に沿ったカーブのところで、自動車がガードレールをつきやぶって転落したような痕《あと》を見つけた。谷の底は暗くてよく見えないが、何かが燃えているような気配がある。警察を呼んだが、まだ着いていないので詳しいことは何もわからない。事故を起こしたのが広沢でも、そうでなくても、しばらく帰れないはずだ。

「俺も今からそこに行くよ」

深瀬は叫ぶように言ったが、浅見は、危険だから無茶はしないでくれ、と静かに言い、電話を切った。しかし、深瀬は別荘を飛び出した。

暗い山道を走って、走って、走り続けたが、広沢に会うことはできなかった。

谷底で発見された、炎上した車の中にあった遺体が広沢だと判明したのは、夜が明けて、太陽が高い場所に上り詰めたあとだった。気を失うほどに走り続けた深瀬は、遺体の確認にすら立ち会うことができなかった。

第三章

朝一で担当エリア内にある個人病院にコピー用紙を届けた後、会社に戻り、コーヒーを淹れた。十時のおやつの時間はとうに過ぎ、昼食にはまだ早い時間だが、皆、コーヒーならいつでもＯＫといったふうに、それぞれの仕事の手を止めて、マグカップを持って並んだ。そのため、深瀬は二巡目を沸かすため、一巡目の一杯目を先頭に並んだ社員に譲り、自分の机の下に置いていた通勤カバンの中からコーヒー豆の袋を取り出した。

二巡目のコーヒーをカップに注ぎ自席に戻ると、先にコーヒーを飲んでいた隣席の女性社員が、今日の豆は？　と深瀬に訊ねてきた。確か、彼女は二巡目のものを入れていたはずだ。

「ケニアとブラジルのブレンドです」

「あら、二種類混ざってるなんて珍しい。新しい味の開拓？」

「いや、たまにはいいかなと」

言葉を濁《にご》しながら深瀬はコーヒーをすすった。互いのよさを相殺するのではないかと案じていたが、単品でおいしいものは混ぜてもおいしい。それどころか、キング・オブ・キングのブラジルを使っているのだから、皆にはいつも以上に味わってもらいたい。初めに淹れたケニア単品を飲んでいる人しかり。

もう、次からはこのクラスの豆を用意することはなくなるかもしれないのだから。

豆を混ぜて使ったのは、単に、会社用に買っていた豆が尽きそうになっていたため、自宅から持ってきたものを補充したからだ。〈クローバー・コーヒー〉には今日で九日間、行っていない。

美穂子に広沢由樹の事故の話を打ち明けた夜以来だ。

激しい雨がアパートの狭い部屋の窓を叩きつける中で、『深瀬和久は人殺しだ』と書かれた紙を美穂子から突然突き付けられた。今まで通りの生活に戻ることはできなくなるのではないか、と覚悟を決めて話したにもかかわらず、翌朝、いつもと同じように出社した。

翌日も、そのまた翌日も、休日を挟んだ週明けからも、注文を受けた事務用品を配達したり、担当エリアを回って新しいカタログを届ける傍らＯＡ機器の点検をしたり、コピー機のトナーを換えるだけのために呼び出されたりと、これまでと何ら変化のない日々を送っている。

何度も深瀬の声をかき消し、美穂子が聞き取りにくそうな表情をするたびに声のボリュームを上げさせていた雨も、話し終えた明け方には上がり、今日まで晴天が続いている。天気予報で梅雨明け宣言を聞いたのは、三日前だったか四日前だったか。夏の到来を告げるように、社用車のフロントガラス越しに見える空は、日ごと青さを増している。

信号待ちの際など、ふとした拍子に、あの夜の出来事は夢だったのではないかと感じるが、コーヒー豆の量が減っていくにつれて、現実に起きたことだと思い知らされる。

軽蔑されるかもしれない、酷い人だと罵《ののし》られるかもしれない。そんな不安はもちろんあったが、どこかで、美穂子なら理解してくれる、と信じていたはずだ。

あの日の出来事を正確に、自分の劣等感、それゆえに大切にしていた広沢との友情、そういったことまで包み隠さず話せば、彼女はこんなふうに言ってくれるのではないかと、優しい言葉すら期待していなかったか。

カズくんは悪くない。他の三人には少しずつ責任があるかもしれないけれど、それでもそれは悲しい事故だったのだと思う。ましてや、人殺しだなんてとんでもない。

しかし、現実はそう甘くない。美穂子は深瀬が話している間、咳払い一つせず、黙って聞いていた。途中、喉が渇いて深瀬が冷めたコーヒーをすすっているときも、言葉を挟むことなく、じっと深瀬を見つめていた。美穂子の前に置かれた手を付けていないブラックコーヒーの表面と同様に、彼女の眼は澄んでいた。軽蔑も嫌悪感も見取れないことが、深瀬を徐々に安心させ、忘れてしまいたい出来事を最後まで話すことができたのだ。それなのに……。

新しいコーヒーを淹れようか、と膝を屈伸させるように腰を上げると、いらない、と乾いた声で美穂子は答え、立ったままの深瀬をまっすぐ見上げて言った。

——友だちがお酒を飲んだことも、運転に慣れてないことも、天気が悪いことも、走りにくい道だってことも、全部わかった上で送り出した、ってことだよね。わざわざコーヒーまで淹れて。それは……、無罪って言わないと思う。

あまりにも淡々とした口調だったため、初めは非難されていることにも気付かなかった。無罪って言わない、この言葉が数えきれないほど頭の中でリピートされた後で、ようやく口を開くことができた。

——でも、人殺し呼ばわりされることじゃない。

——友だち……、広沢くんのご両親はどこまで知ってるの？

——全部話した。キツかったけど……。ビールを飲んだこと以外は……。

——隠していることがあるのが、罪がある証拠だよ。

今度こそ、黙り込むしかなかった。だが、うなだれていたわけではない。腹立たしさが込み上げた。

おまえに何がわかる。皆でほくそえみながら隠蔽《いんぺい》工作をしたとでも思っているのか。何食わぬ顔をして広沢の両親に会ったと思っているのか。それを言葉にできなかっただけだ。

事故後、深瀬、浅見、谷原、村井の四人は警察から事情聴取を受けた。四人で話をする間など五分もなかったというのに、まるで示し合わせたかのように、広沢が酒を飲んでいたことは誰も口にしなかった。焼死体で発見された広沢の体内からアルコールが検出されたという話も、警察からは聞いていない。

途中参加になった村井を駅まで迎えにいくことになった。運転免許を持っているのは浅見と広沢の二人で、浅見は酒を飲んでいたので、酒を飲めない広沢が行くことになった。そう証言した後で、村井はタクシーを呼べばよかったと、浅見は村井が来る可能性があったのだから自分は酒を飲むべきではなかったと、谷原は村井にタクシーを勧めればよかったと、それぞれ後悔の言葉を発した。そうじゃないだろう、と深瀬は胸の内で声を張り上げてはいたが、周囲から見ればただベソベソと泣いていただけだ。

自分は何としてでも止めるべきだった、と口にするのは卑怯なことのように思えた。

同じ警察署の一室で広沢の両親と四人が対面した際も、まったく同じことが繰り返された。広沢の両親は息子の突然の死にただうなだれていた。四人を責める言葉は一つもなかった。父親がひと言、親不孝が……、とつぶやいただけだ。それを受けてかどうかはわからないが、突然、谷原が、申し訳ございませんでした、と土下座をした。驚く深瀬の横で、村井、浅見も即座に膝を折り、深瀬もあわてて汚れた床の上に座り、頭を下げた。

広沢の両親はすぐに頭を上げるよう言ってくれ、深瀬はゆっくりと顎《あご》を上げたがすぐに下げた。三人は頭を下げたままだった。多分、そのときから、自分は悪くないと思っていたのだ。

——由樹は最後の一日を楽しく過ごせましたか？　何か旨いものでも食ったのならいいんだが……。

父親に言われ、谷原がガバッと顔を上げた。

――旨い焼き肉を腹いっぱい食べました。道の駅で買った野菜も旨くて、あと、高原豚のカツカレー！

谷原は声を詰まらせながら広沢の食べたものを遡《さかのぼ》って答えていった。楽しかった時間を巻き戻していくように。広沢がいた時間を指でなぞっていくように。サービスエリアであと食べたのは、と谷原が言葉を切り、深瀬が継いだ。

――メロンパンです。

言った途端に、大きな口を開けてかぶりつく広沢の顔が浮かび、視界が滲んだ。そのことを目の前にいる女に伝えたいとも思わなかった。そんな冷めた表情に美穂子は気付いたのだろう。開き直っていると思われたかもしれない。

――ごめんね。

美穂子はそう言って立ち上がり、玄関に向かった。振り返ったのは一度だけだ。

――カズくんの欲しい言葉を返してあげられなくて。

ドアを開ける美穂子の後姿にあの日の広沢の姿が重なった。背の高さも肩幅も、髪の長さもまるで違うというのに、背中が同じ言葉を発しているように感じた。

結局、引き留めないんだな……。

美穂子がこの話を他人にするとは思えなかったが、〈クローバー・コーヒー〉に行けば、奥さんに二人のあいだに亀裂が生じたことを見透かされるような気がして、店からも足が遠のいた。何かあったの？　と訊かれても何も答えることはできないし、美穂子に訊かれるのはさらに困る。

恋人と憩《いこい》の場所、大切なものを二つも失ったにもかかわらず、毎日の生活はほとんど変わらない。平気な顔をしていられるのは、こちらの日常に慣れているからだ。もとの生活に戻っただけ。しかし、どうしても腑《ふ》に落ちないことはある。

いったい誰が美穂子にあんな手紙を送ったのか。

「……深瀬くん」

カラになったマグカップをデスクに置くと、向かいの席の社員に呼ばれた。

「さっき注文があったので、午後一で楢崎高校に配達お願いね」

もしや、浅見にも？　そんな思いがふと浮かんだ。

浅見が自分を呼び出すために、それほど急を要するものではない品を注文したのではないかと思ったが、伝票を確認すると、発注主は木田瑞希となっていた。注文の品は四百字詰め原稿用紙、夏休みの読書感想文用だろうか。

拍子抜けした反面、どこかホッとした思いで、深瀬はいつもの車で楢崎高校へと向かった。

美穂子が去った部屋で、深瀬は手紙のことを考えた。いったい誰が何の目的で……。美穂子に気のあるヤツが、深瀬と美穂子を別れさせるため、深瀬について調べ、あの事故のことに行き当たったのではないか。詳細はわからずとも、グループ旅行に出かけ、メンバーの一人が死んでいるとなれば、カマをかけるだけなら十分だ。手紙の送り主にとっては思った以上の成果を得られたことになる。

しかし、別の可能性も同時に浮かんでいた。手紙は山本ゼミのメンバー四人全員の関係者に送られているのではないか。確認しようと思えば容易にできる。おかしな手紙が届いていないかと、浅見にでもメールを送ってみればいい。だが、誰にも連絡を取らなかったのは、大切なものを失ったことを伝えられるような相手ではないからだ。もしも、嫌がらせを受けたのが深瀬だけだった場合、同情したり、なぐさめてくれたりするような連中ではない。

浅見にもいつも通りに振舞おうと、気合いを入れて職員室のドアを開けた。が、浅見の姿はなかった。木田が席を立ち、待ってました、というように小走りでやってきた。

「印刷室に持っていってもらっていいですか?」

そう言いながら、深瀬の背を押し、ドアを後ろ手に閉めた。四百字詰め原稿用紙百枚入りの袋が五個入った軽い小さな段ボール箱など、その場で受け取ればいいものを。促されるまま、隣の印刷室へと向かう。廊下に誰もいないか確認するように左右に首を動かしてからドアを閉めた木田に、深瀬は「注文の品です」といつもより大きな声を出し、脇にかかえていた箱を渡した。誤解を招くような行動は避けなければならないと、朝礼でも週に一度は言われている。にもかかわらず、木田は中身を確認することのないまま、箱を手近なコピー機の上に載せ、深瀬との距離を一歩詰めてきた。

「浅見先生から、あのことはもう聞いてます?」

声を潜めているが、ゴシップを楽しもうとしている表情ではない。浅見のことを真剣に案じているように見える。やはり、と思ったものの、浅見からは何も聞いていない。しかし、ここで踏み込んでおいた方がいい。

「手紙……、的、な?」

「そう! 誤魔化してくれなくていいですよ。わたし、ちゃんと現場を見てますから」

手紙は木田宛に来たのだろうか、と思いながらも、どうにもしっくりこなかった。浅見と木田が付き合っているようには見えないし、木田は「現場」と言った。

「おかしいな……、イタズラにあったことは知ってるけど、具体的にはどんなことがあったのかまでは聞いてなくて……。電話で話せるようなことでもないし」

「浅見先生、ニシダさんにまでイタズラって言ったんですね。そんなかわいいものじゃないんですよ。本当に悪質なんだから」

木田はそう言うと、わたしが話したのは内緒ですよ、と前置きして、手近なパイプ椅子を深瀬に勧め、自分も向かい合うように座ると、浅見に起きたことを話し出した。

『浅見康介は人殺しだ』

名前のみが違う文言も、Ａ４サイズの白い紙というのも、深瀬の場合と同様だったが、浅見の場合は誰かのもとに封書で届いたのではなかった。浅見は県の独身教職員用アパートに住んでいる。そこの駐車場に停めている浅見の車の、フロントガラスを覆うように告発文が十枚ほどガムテープでべたべたと貼り付けられていたのだという。

「おまけにね、その上からお酒をかけられていたんですよ」

深瀬は目を見開いて少し乗り出してしまった。木田に気付かれなかっただろうかと、慌てて肩をまわしながら数回大きくまばたきをした。

「酒って、日本酒？　それとも、ビールか何か？」

「匂いや紙の色的に、ビールだったと思います。浅見先生がすぐに剝《は》がしたし、窓も水で流したから、絶対にそうだとは言えないんだけど」

被害に遭ったのは浅見が午後九時頃、職場から帰宅してから、午前七時二十分に出勤するまでのあいだだったらしく、ほぼ同じ時間に同じアパートを出る木田は、浅見が紙を剝がしているところに出くわしたのだという。

「これ、見てください」

携帯電話で撮影した写真を見せられる。車の脇に置いてある剝がした紙の残骸だった。

「わたし以外にも、この学校の職員で現場を見た人は何人かいて、みんな、警察に届けた方がいいって言ったのに、浅見先生はただのイタズラだって。でも、万が一のために証拠は残しておいた方がいいでしょう？　だから、浅見先生が部屋に水を汲《く》みに行っているあいだに撮っておいたの」

浅見にとっては、恋人よりも、職場の同僚に疑われる方がダメージは大きいはずだ。しかも、複数。職を失うことになりかねない。

「浅見は……、何か言ってましたか？」

「何も。犯人はわかってるけど、責任感じて、かばってあげてるって感じ。まあ、わたしたちも誰だか見当はついてるんですけどね」

「誰ですか！」

前のめりに体を浮かせた深瀬に、驚いたように木田が椅子ごと後退した。

「これについては、本当にここだけの話ってことで。名前も出せないんだけど、先月、停学処分になった子がいて……」

放課後、部室でビールを飲んでいる生徒を、見回り当番だった浅見が見つけたのだという。木田は部活名も明かさなかったが、運動部でかなり活躍していた生徒のようで、県大会も近く、部活動の顧問や担任からは、「見なかったことにしてほしい」と頼まれたが、浅見はそれを聞き入れず、職員会議にかけ、五日間の停学と県大会出場停止が決まった。

「全国大会も行けるんじゃないかって期待されてた子だったから、親も、停学期間が延びても構わないから、試合だけは出させてやってくれって、土下座までしたみたいで。でも、それが効果ないってわかると、今度は責任転嫁？」

「でも、現場を押さえたんですよね。それとも、他の子に強制されていた、とか？」

木田は首を横に振った。その頃、運動部の生徒たちのあいだでは、練習後にノンアルコール飲料を飲むのが流行っていたらしい。学校側もこれはいかがなものかと職員会議の議題に上げる用意はしていたが、もっと重要な議題が山ほどあり、アルコールが入っていないのではジュースと同じではないかと、先送りにされていた。ちなみに校内でジュースなどの清涼飲料水や菓子類を飲食することは楢崎高校では禁止されていない。

「生徒の言い訳としては、間違えて持ってきちゃった、なんですよね。で、親は学校側がノンアルコール飲料の持ち込みを禁止していればこんなことは起こらなかった、って強気に出るんですよ」

モンスターペアレントという言葉は深瀬もテレビなどで聞いたことがあった。

「でも、処分されたんですよね」

「こういうケースは本来なら、その部の子全員が出場停止になるし、うちの学校全部の部が直近の試合を辞退することになってもおかしくない。校外に漏れたら確実に新聞沙汰になるだろうから、最小限の処分で留めたんだ、って校長とか上の先生たちがなだめたら、なんとかおとなしく帰っていって。まあ、それの腹いせじゃないかと」

「イタズラのことを、校長先生たちは？」

職員室に浅見の姿がないのは単に授業に行っていると思っていたのだが、徐々に不安が込み上げてくる。が、木田の表情に陰りはない。

「なにも言ってませんよ。わたしや他の先生たちも。でも、心配はしているんですよね」

「そりゃあ、人殺し、なんて書かれたら誰だって」

「え？　そっちはバカとかアホと同じレベルだから、気にしていなかったんだけど。インパクトの強そうな嫌がらせを書いてみただけかなって」

あっけにとられ、徐々に後悔の念が湧き上がってくる。こんなにさらりとかわすことができたのか。

「でも、車にアルコールってのは悪質でしょう？　本当は放火をするつもりだったんじゃないか、って言う先生もいるし、飲酒運転を疑われるように仕向けたんじゃないかって意見もあって。でも、飲酒運転はないでしょうね。浅見先生がお酒を飲めないこと、うちの職員なら誰でも知ってるから、証人はいくらでもいるわけだし。やっぱり、一番怖いのは火事ですよ。わたしの部屋は浅見先生の部屋から遠いけど……」

「あの、ちょっと」

木田は放火の心配をしていたが、深瀬には聞き流せないことがあった。

「どうしました？」

「いや……、教師って大変だな、と思って」

確認するような問題ではないことに気付く。

「そうなんですよ。でもね……」

今度は木田が身を乗り出してきた。

「疑うのは、本当に生徒や親だけでいいんでしょうかね」

耳元でささやかれる。結局、これが訊きたかったのか、と深瀬は木田の顔を見返した。浅見に好意はあるのだろうが、美穂子が自分に向けた目の奥にはなかったものが見て取れた。好奇心だ。原稿用紙など、本当は必要なかったのではないか。配達時間を午後一に指定してきたのも、浅見が職員室にいない時間を狙ってに違いない。

「さあ。浅見は仕事の話しかしないからなあ……」

「本当に？ 振った女がいるとか、その女がしつこいとか」

ふれてほしくない部分に踏み込んできたかと警戒したのに、こんなくだらない疑惑かと肩すかしをくらったような気分になる。

「なるほど、女性は怖いですもんね」

相手が望んでいる答えではないとわかりながらも、そう答えてみたところで、ズボンのポケットに入れていた携帯電話が鳴った。メールの着信音だ。誰からかを確認することなく、次の仕事があるので、と木田にことわり印刷室を出て行った。ちょっと待って、と呼び止められたが聞こえないふりをした。が、追いかけてはこなかった。時計を確認すると、授業終了まであと五分足らずだったが、浅見を待たずに深瀬は校舎を後にした。

車に戻り、携帯電話を確認すると、メールの送り主は村井だった。会って話したいことがある、と書いてあった。即座に、アレが村井にも届いているのだ、と思った。驚くことではない。自分と浅見が人殺しだと告発されるのならば、村井と谷原だって当然そうされなければおかしい。

しかし、こうなってもまだ、他の三人と罪を共有しているという意識はない。美穂子に指摘されたように、広沢を送り出してしまったことは事実だが、同罪だと思っていない。それでも、誰をとも、どこでとも、いつとも書いていなかったのに、「人殺し」という言葉を見てすぐに浮かんできたのは、広沢の事故のことだった。罪の浅い自分でもそうなのだから、まさか、浅見が生徒や親の仕業だと考えているとは思えない。

だが、浅見は深瀬に直接打ち明けてはいない。届いたのは、村井からのメールだ。一斉メールなら、広沢の葬儀や法事に関したことで何度か村井から届いたことがあるが、今回は恐らく、深瀬だけに宛てて送っているはずだ。おまえのアパートか最寄駅まで行くから、とも書いてあった。深瀬個人宛の村井からの連絡は、あの事故の夜以来になる。しかも、村井と二人きりで会うなど、大学時代を含めて、初めてなのではないか。

なぜ、自分なのだろう。一番の疑問だった。

あの事故を示唆《しさ》する告発文が届いたら、村井が招集をかけるのは、全員か、深瀬以外の二人にしそうなのに……。と、慌ててブレーキを踏んだ。赤信号だったことに気付いたからか、村井が自分だけを呼び出そうとしている理由に思い当たったからか、どちらのせいかはわからない。脇の下を冷たい汗が流れた。

あいつは告発文の犯人を俺だと思っているのではないか。

深瀬は一番近いコンビニの駐車場に車を入れた。人殺し、という言葉から村井も広沢の事故のことを思いついた。だが、あれは事故として片付いている。あれを人殺しと呼ぶ者がいるとすれば、実情を知っている自分以外の三人の内の誰かだろう。となれば、怪しいのは……、広沢と一番仲のよかった深瀬ではないだろうか。村井がそう考える可能性は十分にある。

もしかすると、村井が深瀬を呼び出すことを谷原も浅見も知っているのかもしれない。俺があいつをとっちめてやるよ、そんなことを豪語する村井の姿を深瀬は容易に想像することができた。もしくは、呼び出しているのは村井だが、実際に会いに行けば、他の二人も一緒に待っているのではないか。

そういった誤解が生じているのなら、解いておかなければならない。

深瀬は村井に、今日でも構わない、と返信メールを送った。

最初のメールの内容に反して、村井に指定されたのは、深瀬が普段利用することのない沿線にある駅前の地味な佇まいの居酒屋だった。きれいとは言い難いが、全室個室になっており、けっこうな料金をとられるのではないかという雰囲気が漂っている。村井の名前を告げて案内されたのは、一番奥の部屋だった。

恐る恐る靴を脱いで座敷に上がると、村井がすでに来ており、退屈そうに携帯電話をいじっていた。深瀬に気付き、おう、と片手を上げる。その姿に、殺伐としたものは感じられなかった。

「ごめん、十分遅刻だ」

深瀬は腕時計を見て謝ったが、村井は気にした様子はない。

「いいって。仕事帰りだろ。何度か乗り換えなきゃいけなかっただろうし。俺もけっこう迷って、さっき着いたところだ」

村井もこの店は初めてのようだ。テーブルの上には飲み物もない。ところで、と声を潜めて小さなテーブル越しに村井が顔を寄せてきた。

「来る途中に会社の連中に会ったりしてないか?」

そういうことか、と深瀬は納得した。互いの知り合いに遭遇することのないよう、村井はこの店を選んだのだ。

「いや、誰にも」

深瀬も声のトーンを落として返した。

「じゃあOK。飲み物と食い物、まとめて注文しようぜ」

村井がメニューを開き、すばやく四品挙げると、深瀬も二品ほど手間のかからなそうな料理を選び、テーブル上のボタンで店員を呼んだ。村井はビールを大ジョッキで、深瀬はウーロン茶を頼み、刺身の盛り合わせなど、料理を六品注文した。先に運ばれてきたビールのジョッキを手に取り、村井が、お疲れ、と声を上げた。深瀬はあわててグラスをジョッキにガチリと合わせた。

個室なので傍《はた》から見られることはないが、他人がこの様子を見れば、仲の良い友人同士だと思うに違いない。深瀬は少しばかりとまどった。村井との距離感がつかめない。そんなことはお構いなしに、村井は、仕事はどうだ？　浅見とはよく会ってるんだってな、うちの事務所のコピー機も最近調子が悪いからおまえのところで新しいのを買おうかな、ちょっとは負けてくれるのか？　と途切れることなく話しかけてくる。そのうえ、料理が運ばれてくると、直箸《じかばし》でいいよな、と言いながら自分に近い皿の料理を深瀬の小皿に取り分けてくれた。

村井はこんなヤツだっただろうか。学生時代の村井を思い返してみようとしたが、深瀬の頭の中には、あの日の村井しか浮かばない。電話の向こうで、何がなんでも迎えに来いと言い張る姿は、深瀬の想像上のものだ。笑顔も他人をいたわる表情もない、ただ、わがままなだけのヤツ。

料理が六品届いたところで村井は箸を置いた。

「険しい顔してんな」

「えっ？」

深瀬は片手で頬をほぐすように触れてみた。

「アレが届いたんだろ？」

「何のことかな」

「誤魔化すなって。おまえのアレは誰のところに届いたんだ？」

誰の。村井は浅見のように自分の家や物に仕掛けられたわけではなさそうだ。どちらかといえばこちら寄りか。深瀬は正直に打ち明けることにした。

「彼女の職場に」

「おまえ彼女できたのか。酷いな、人殺しなんて告発されちゃたまんねえよな」

人殺し、という文言もおそらく名前が違うだけのようだ。

「でも、彼女なら適当に誤魔化せるし、ちゃんと説明すればわかってもらえそうだから、俺よりはマシだな」

理解してもらえなかった、とは言えなかった。

「村井はどこに？」

「親父の選挙事務所」

来月に県議選を控えた村井の父親は、郊外ではあるが自宅付近の国道沿いにプレハブの大きな事務所を構えており、そこのガラス窓にA4サイズの紙で一枚、貼られていたのだという。人目に付く、という点では浅見寄りだ。

「多分、夜中にやられたんだろうけど、朝、事務所の人たちが来ても、必勝、とかそういうのベタベタ貼りまくってるから、昼過ぎまで気付かなかったらしい。いったいどんだけの人目にさらされたんだって思うと、ゾッとする」

深瀬は腕を組んで頷いた。美穂子だけでも、うろたえてしまったというのに。

「それで、どうなったんだ？」

「親父も含めて、対立候補の仕業じゃないかって。警察に届けるべきだ！　って怒りまくってる後援会のおっさんもいたけど、貼り紙の内容まで公表されると、こっちが不利になるだけだから、今回は見合わせようってことになった」

「みんな、納得したのか？」

「まさか、まさか。噂話ってのは、本人の耳にギリギリ届くようにするってルールでもあんのか？　ってくらい、好き勝手なこと言ってるのが聞こえてくるもんだな。一番有力なのは、俺が中学か高校のときイジメの首謀者で、被害者が自殺したって説だ。目の前のパソコンで一回検索すりゃ、そんなのはただの妄想だって気付くのにな。みんな仲良く卒業してんだから。まあ、日ごろ自分がどんなふうに見られてるのかなんて、こんなことでもされなきゃわかんねえままだけど、わかりたくもねえよな」

村井はジョッキのビールを一気に呷ってカラにした。呼び出しボタンを押さずに、直接、薄い襖戸《ふすまど》をあけて、ビールおかわり、と声を上げた。新しいビールが届くまで、深瀬は料理を頬張りながらわざと村井から目を逸らして考えた。

村井はイジメの首謀者、被害者が自殺。本人から聞かされたのでなければ、深瀬自身、信じてしまいそうだ。だが、村井はゼミの同期全員を別荘に誘ってくれた。

ビールが届き、それを村井はテーブルに置く前に一気に半分あけて、ドンと置いた。強がった言い方はしているが、かなりのストレスになっているに違いない。

「これ旨いよ。冷めないうちに」

自分の前に置かれていた白エビのかき揚げの皿を村井の前に移動させた。村井は大きなかき揚げを取り皿を経由させず、直接口に放り込んだ。

「親父さんは何て？」

深瀬や浅見と違い、村井の場合、告発文により一番大きく実害を受けるのは彼の父親だ。

「事務所の人たちの前では気にも留めてないって感じで振舞ってたけど、家に帰ると呼び出されたよ。で、あれは本当に事故だったんだよな、って訊かれた」

「広沢の……、ことだよな？」

村井は頷いた。村井が打ち明ける前に、父親の方から事故のことを口にしたのには驚いた。深瀬の親が同様の告発文を受け取っても、息子の友人の交通事故と結びつけるなど、ゼロに近い確率のはずだ。

だが、当然か、とも思い直す。斑丘高原の別荘は村井の叔父のもの、事故に遭った車は村井の母親のものだったのだ。特に、車に関しては、ガードレールを突き破って谷底に落ちたのだから、ブレーキ等の整備不良を疑われ、警察から確認を受けた可能性だって高い。他のメンバーの親とは気の留め方も違うだろう。

「そりゃあ、大きな意味で言ったら、俺も人殺しかもしれない。迎えに来いなんて言わずにタクシー使えばよかったとか、前日に車をぶつけられたけど、俺自身は無傷だったんだから朝から一緒に行っときゃよかったとか、そもそも、別荘に誘わなきゃよかったとか、後悔することはたくさんある。でもさ、一生背負わなきゃなんない罪じゃねーだろ」

村井はさらにビールを呷った。その姿に不快感が込み上げた。

言っていることは間違ってない。後悔をさらに遡らせれば、村井か広沢が山本ゼミを選ばなければよかったとも言えるし、別の大学に行っていれば、とキリがない。そういうことを全部含めて運命と呼ぶのだと、自分に言い聞かせた時期もある。だが、とっさに湧き上がった気持ちに理屈は通用しない。

後悔しているという言葉と、酒を呷るという行為が見合っていないからだ。

しかし、広沢の死後、村井が酒を飲んでいる姿は何度も目にしている。一年前、広沢の三回忌の後、広沢の実家で両親と食事をとったときも村井は酒を飲んでいた。息子を死に至らしめたメンバーだというのに、広沢の両親は息子のゼミ仲間を歓待してくれた。広沢が酒を飲んだことは知らないが、運転免許をとって間もない広沢を、悪天候、悪路だと承知の上で、村井を迎えに行かせたことは知っている。こんなヤツらと出かけなければ、と一番に恨んでいてもおかしくない人たちなのに、親戚や広沢の地元の友人たちとは別に食事の席を設け、ごちそうを用意してくれた。

村井は広沢の父親の隣に座り、互いにビールがグラスの半分を下回れば、瓶を取り、注ぎ合っていた。

——由樹はグラス一杯でバタンキューだったからなあ。

突然、父親がそう言い、深瀬も浅見も谷原も黙り込むしかなかったが、村井だけは、その代わりカレーは何杯食っても平気でしたけどね、と陽気に答えた。

——カレーを食べると広沢を思い出すんです。

そう言って、彼女の家で手作りカレーを食べているときも、そういや広沢は家のカレーが一番旨いって言ってたよなあ、と広沢に思いを馳せ、彼女に昔の女と比べているんでしょうと怒られた、というエピソードを披露した。広沢の父親は、そりゃあとんだ迷惑をかけてしまったなあ、と涙をぬぐい、母親は声を詰まらせながら、たいした味じゃないのにね、とカラのビール瓶を持って台所に消えていった。

深瀬にも、カレーはもちろん、蜂蜜入りのコーヒーや落語のこと、広沢との思い出のエピソードはたくさんあったにもかかわらず、何一つ話すことはできなかった。寿司やから揚げが大量に用意されていたのに、箸をつけるのが申し訳なく、個別に用意されていたタコときゅうりの酢の物をちびりちびりと食べていただけだ。その横で、谷原は中央に並べられた皿に何度も手を伸ばし、食べまくっていた。浅見も、頬張りはしないが箸を置くことはなかった。料理は勢いよく減っていった。少しは遠慮したらどうだとあきれるほどに。なのに、村井はあつかましい要求までした。

——すごい料理を前にこんなこと言うのは失礼だけど、俺、おばさんのカレーも食ってみたかったたな。

次もまた訪れます。もしかすると、それを暗に伝えたかったのかもしれないが、要求は言葉通りに伝わった。台所から冷えたビールをかかえてきた広沢の母親は、さっそく栓を開けて村井のグラスに注ぎながら答えた。

――じゃあ、夕飯に食べて行って。おばさん、これからがんばって作るから。ね、ね、ね、ね。

ね、を一人ずつの顔を見ながら言われると、誰も断ることはできなかった。もともとその日は広沢の家に近い駅前のビジネスホテルに予約を入れており、広沢の両親もそれを知っていた。

一度、ホテルに戻り、夕方改めて出直すと、家の門が見えないうちからカレーの匂いが漂ってきた。町を見下ろす高台にある広沢の家に向かうには、かなり急な坂道を登らなければならず、足取りが徐々に重くなっていたが、カレーの匂いをかぐと、自然と足も早まった。きっと、広沢は子どもの頃、この匂いをかぐと駆け足になったに違いない。そんな想像をしながら広沢の家を訪れた。

その時も、村井はカレーを食べながら、広沢の父親と同じペースでビールをガバガバと飲んでいた。おかげで、自分が何か話す必要もなく、そうしてくれていることを有難いとさえ思えてきていた。なのに、今になってなぜ不快感が生じたのか……。

浅見が酒を断っていることを知ったからだ。

法事のときに飲んでいなかったことには気付いていた。広沢の両親の前だから控えているのだと思っていたが、他の場でも飲んでいないことを、今日、初めて知った。

自分があのとき飲んでいなければ、と広沢の両親に詫びた言葉は本心から出ていたのだ。

後悔とはそういうことをいうんじゃないのか。村井に言ってやりたい気分だった。が、深瀬をじっと見つめていたのは、村井の方だった。

「なあ、深瀬。誰の仕業だと思う？」

村井が声を落として訊ねてきた。自分が疑われているのではないか。そう思いながらここに来たことをすっかりと忘れていた。

「わからない。正直なところ、あの事故のことじゃなければいいのに、なんて思ってた。彼女のストーカーっぽいヤツが、俺と別れさせるために適当に思いついたことを書いたのならいいのに、なんて。でも、今日、浅見や村井も同じ被害に遭ってることを知って、そういう言い訳はできなくなったよ」

「浅見に会ったのか？」

驚いたように問うた村井に、楢崎高校でのことをかいつまんで説明した。しかし、驚いているのは深瀬も同じだ。浅見のことなど、村井ならとっくに知っていると思っていた。

「じゃあ、谷原は？」

「さあ、これに関しての連絡はないけど、多分、何かしらの被害には遭ってるだろうな」

谷原とも連絡をとっていないとは。深瀬は改めて自分が呼び出された理由を考えた。しかし、意外と単純なことではないかと思いついた。一番ヒマだと認定されているのだ。

「あれは俺たち以外のヤツから見れば、完璧に事故だ。……おまえは四人の中に犯人がいると思うか？」

安堵した直後に直球が飛んできた。

「まさか。こんなことをする意味がないじゃないか」

「それは、わかんないぜ。これまで燻らせていた疑いを、はっきりさせたくなったのかもしれない」

村井は意味深な目付きで深瀬を見てから、箸を手に取った。

「だ、誰に、どんな疑いだよ」

深瀬が問うと、村井は箸を宙に浮かせたまま小さくリズムを取るように動かしながら口を開いた。

「たとえば……、浅見は二年のときだったかな、家庭教師のバイトで一度、クビになったことがある。子どもとソリが合わないから別の先生に替えてくれって、親からクレームがついたらしい。その後任が広沢で、そいつは広沢とは相性がよかったらしく、無事、高校受験に成功したとか」

広沢が一時期、家庭教師のアルバイトをしていたことは聞いた憶えがあるものの、浅見の名前は出ていない。気を遣っていたのかもしれないが、浅見にとっては屈辱的な経験だったに違いない。

「だから、浅見は広沢を嫌っていて、あの日、無理に送り出そうとしたんじゃないかって言いたいのか？　そんなバカなこと」

頭の中に、連絡の通じない広沢を案じ、迷いなく自転車に乗って暗い山道に漕ぎ出していった浅見の後姿が浮かんだ。広沢への嫉妬の感情を引き摺っているとは考えられない行動だ。確かに、浅見は広沢に迎えに行くことを頼んだ。しかし、強引だったのは谷原の方だ。

「だよな。じゃあ……、谷原は広沢と野球やってたし、俺たちの知らないところで二人の間に何か揉め事があったかもしれない」

「えっ、野球？」

「知らなかったのか？　谷原のチームに広沢が助っ人で呼ばれたことがあって、それ以来、ときどき、練習や試合に出てるって聞いたことがあるぞ」

「ああ、そういえば……」

さも思い出したかのように言ってみたが、まったく知らないことだった。斑丘高原に向かう車の中で、谷原がチームメイトの名前を当たり前のように出していたのは、他にそいつを知っているメンバーがいたからだったのか。そういえば、広沢がプロ野球選手になりたかったと話したときも、谷原は驚いていなかったような気がする。

自分の知らないところで、広沢が他のメンバーと深いかかわりがあったことに胸が痛んだが、それを村井から知らされたことも痛みに輪をかけた。三と二だったのではなく、四と一だったのか。いっそ、だから告発文の犯人として一番疑わしいのは広沢の親友だった深瀬、おまえだ、と続けてほしかったが、少し待っても出てくる気配はなかった。箸を置いただけだ。

「まあ、俺も四人の中に犯人がいるとは思いたくないけどな。もちろん、俺は犯人じゃない。広沢とは学校以外じゃ、たまに二人でカレー食いに行ってた程度の付き合いだ」

それも深瀬には初耳だった。情報収集に長《た》けた村井は旨いカレー屋の情報が入ると、広沢を誘っていたのだという。今度、村井とカレーを食いに行くんだけど、深瀬もどうだ？　なぜ、広沢はそう誘ってくれなかったのだろう。

「おい、深瀬、聞いてるか？」

深瀬は、ああ、と両手で頬を叩いた。村井が続ける。

「じゃあ、他に犯人がいて、そいつが興信所かなんかを雇って、根拠を持って俺たちを人殺しだと告発していたとしたらどうする？」

「まさか」

「俺と同じ答えだな。親父に訊かれたんだ。本当に隠していることは何もないんだなって。広沢が酒を飲んでいたことはもちろん黙っておいた。俺たち四人が秘密にしていれば他に漏れることはないって、葬式の後からさんざん言い合ってきたもんな。でも、本当に秘密はそれだけなのか？」

「どういうことだよ」

「おまえはあのとき、事故現場に遅れてきたよな」

「ああ。自転車が二台しかなくて、俺は別荘で留守番をすることになったんだ」

「でも、現場まで走ってきた」

「浅見から電話があったんだ。ガードレールを突き破って車が落ちたような形跡があるって」

「俺も同じ内容の電話を浅見からもらって、タクシー乗って、事故現場に合流した。警察と同じくらいに到着したもんだから、あいつらと話す余裕とかなかったんだよな」

さらに遅れて、しかも、現場に到着するなり倒れてしまった深瀬は、村井以上に事故現場のことを知らない。

「なあ、深瀬。浅見と谷原が事故現場に到着したとき、本当に、車は谷底に落ちてたのかな」

村井が言っていることの意味を深瀬は理解できずにいたが、訊き返してはならないような気がして、かろうじて皿に残っていた刺身のつまを口に運んだ。いっそ、もだえ苦しむのを覚悟して、酒でも飲んでみようか。そう思うほどに、この話題を続けたくなかった。

ついに、会社用のコーヒー豆が底をついてしまった。豆だけを買いに〈クローバー・コーヒー〉に行こうかとも考えた。休日の昼過ぎ、込み合う時間帯を狙えば、店を訪れなくなった理由を奥さんから訊かれずにすむかもしれない。仕事が忙しくて、少し胃の調子が悪くて、などと無難な理由を自分から先に言ってもいい。

最後の一杯となるコーヒーを啜りながら、奥さんを前にスマートに対応する自分の姿を想像して、深瀬は思い切り首を横に振った。イメージ通りに事が運んだことなど、これまでの人生に一度もなかったではないか。しかし、豆を買う、という行為だけを考えれば、まったく難しいことではなかった。〈クローバー・コーヒー〉でなくともよい。ネットでスペシャルティコーヒーを検索したところ、会社から自宅アパートへ向かうのとは逆方向の電車になるが、仕事帰りに寄れない距離ではないところに、豆を扱っている店があることを知った。

浮気をするとはこんな気分なのだろうか。〈クローバー・コーヒー〉のマスターと奥さんの笑顔を思い浮かべ、彼らを裏切るような罪悪感が込み上げてきたが、外出先から帰ってきた社員がコーヒーにありつけなかったのを残念がっている姿を見て決意した。自分が旨いコーヒーを飲むためではない。会社の人たちのために仕方なく買うのだ。胸の内でそんな言い訳をして、終業後、深瀬はいつもと逆方向に進む電車のホームに立った。

列の先頭に立っていると、後ろに女子高生のグループが並んだ。週末に映画に行く約束をしているのか、××役の主演俳優はイメージ通りだ、などと話している。少女漫画が原作になっているようだ。

「××が死ぬところで絶対泣く」

主役が死ぬってオチの部分じゃないのか？　言っちゃダメだろう。見る予定のない映画にもかかわらず、女子高生たちのデリカシーのなさに少し腹が立ってきた。そういえば、谷原にもこういうところがあったな、と。

谷原は洋楽と同様に洋画も好きだった。試写会の応募なども熱心にしていた上、くじ運もいいのだろう。かなりの作品を一般上映前に見ていたし、そうでない作品は大概初日に行っていた。そして、研究室で、脚本がどうの、役者がどうの、音楽がどうの、と評論家よろしくひとしきり語り、結末まで言ってしまうのだ。

――おまえ、そこまで言っちゃダメだろ。

村井が責めたことがある。

――何で？　おまえら洋画見ないじゃん。

谷原は悪気なさそうに答えた。確かに、と深瀬は我が身を振り返った。谷原も初めからネタばらしをしていたわけではない。絶妙なところで止め、絶対おすすめ、と言われても深瀬は一度も見に行っていなかった。浅見はたまに行っていたようで、浅見がいるときは谷原もネタばらしをしなかった。

――いつもの単館系とスパイダーマンを一緒にするなよ。

村井は彼女と見に行く約束をしていたらしく、しばらく文句を言っていたが、深瀬はそれすらもタイトルは知っているが見たことはなかったので、黙ったままでいた。そもそも映画館に洋画を見に行った回数も人生において片手で数えられるくらいだ。自分が興味を持つ作品のみ。深瀬を映画に誘ってくれるような友人はいなかった。広沢を除いては……。

深瀬のアパートで広沢の借りてきたバイオハザードのDVDを見ていたときだ。

――やっぱ、こういうのは映画館で見たいよな。

コーヒーの入ったマグカップを片手に広沢が言い、おもしろそうだな、と深瀬が頷くと、秋に公開予定の続編を一緒に見に行こうと誘われたのだ。結局、深瀬はそれをDVDでも見ていない。広沢の見られなかったものを、自分が見てはならない。女子高生たちの声が、一瞬、消えた。

広沢は他にもやりたかったことがたくさんあったんじゃないか……。

到着した電車のドアが開き、深瀬は女子高生たちに背を押されるように、夕方の混雑した電車に乗り込んだ。

目的のコーヒーショップはすぐに見つけることができた。〈クローバー・コーヒー〉よりも種類が豊富で、初めて見かける生産国もあったが、あくまで事務的な買い物なのだと言わんばかりに、「おすすめ」のポップを立てている「ニカラグア」と「ホンデュラス」を五百グラムずつ、計一キロ買った。

香りが飛んじゃうから、まとめ買いはおすすめできないな。クローバーの奥さんならそうアドバイスをしてくれるはずだが、レジの女性店員からそれらしきものはまったくなかった。そんな余裕などないと一目でわかるくらい、店内は込み合っていた。販売コーナーの横にある喫茶コーナー入り口のマガジンラックには、付箋《ふせん》が貼られた雑誌が五、六冊並んでいる。

深瀬が喫茶コーナーに入ったのは、コーヒーを飲みたかったからではない。それでは浮気相手の部屋に上がり込むようなものだ。マガジンラックの横には、小さな黒板が置かれていた。この店のウリはコーヒーだけでなく、週替わりで種類の変わる蜂蜜トーストのようで、今週の蜂蜜という欄に「愛媛県産・ミカンの蜂蜜」と書いてあったのだ。もしかすると、広沢の家のミカン畑でとれたものかもしれない。

昨年、広沢の三回忌の法事に皆で訪れた際、自家製の蜂蜜レモネードを振舞われ、蜂を飼っているのは父親の兄だが、蜜を採取するために蜂を放っているのは父親のミカン畑なのだ、と広沢の母親に教えてもらった。

その蜂蜜を由樹くんにわけてもらって、コーヒーに入れていました。喉元まで込み上げていたこの言葉を出すことができないまま、村井や谷原が旨い旨いとおかわりをしたり、浅見が作り方を訊ねたりする様子を黙って見ていただけだ。

――由樹はトーストにかけるのが好きだったの。クマのプーさんみたいねってからかうと、怒られちゃって。

母親はそう言って笑いながら涙を拭っていた。深瀬は蜂蜜トーストを広沢と食べたことはなかった。しかし、あの夜、もしも何事もなく広沢が村井と一緒に別荘に戻ってきていたら、翌朝、皆でそれを食べていたかもしれない。

大きな口を開けてトーストにかぶりつく広沢の顔をかき消すように、両頬を軽く手のひらで打ち、湿った瞳を乾燥させるように、大きくまばたきを繰り返した。コーヒーとトーストが運ばれてきた。蜂蜜は小さなガラスのボトルに入れて添えられている。深瀬は琥珀色のそれをコーヒー用のスプーンで掬《すく》い、カップに沈めてかき混ぜた。

いったい自分は広沢の事を思い出したいのか、忘れてしまいたいのか。

深瀬はトーストにも蜂蜜を垂らし、一口齧ると、周囲を見渡した。ダークブラウンの木のテーブルが並び、ジャズナンバーの流れる落ち着いた雰囲気の店内はほぼ満席で、夕方にもかかわらずトーストに齧りつく女性客が多いが、男性客の姿も三分の一ほど見られる。

広沢がもしこの近辺に住んでいたら毎日でも通いそうだな、と思い苦笑した。

また、広沢だ……。

深瀬は二つ隣の席に座るスーツ姿の男性二人組に目を留めた。女性客に負けないほど大きな声で何やら楽しそうに話している。二人ともが関西訛りだ。

「おまえ、それバレたら、殺されるんちゃう?」

どうやら、片方の男は二股をかけているようだ。細心の注意を払っているため、絶対にどちらにもバレない、と豪語しているが、店内に偶然彼女が居合わせたらどうするのだろう、と深瀬は男の浅はかさにあきれた。さすがに本人は現れないとしても、彼女の友人、同僚がいるかもしれない。おまえの隣の席の年配の女性二人組の片方は、彼女の母親かもしれないぞ。そんな想像をしながら、ひょっとすると、かの有名なミステリー小説のように、ここにいる客全員が彼女と何らかのかかわりがある人かもしれない、などと飛躍させてみる。もしや、自分は今薄ら笑いを浮かべていないか、と片頬をさすった。

——今、何か別のこと考えてない?

そんなふうに言われたのは、広沢にだったか。いや、美穂子だ。ため息をつきかけたところで、カバンの中の携帯電話が鳴った。取り出して確認すると、村井からのメールだった。今日これから、このあいだの店で会えないか、とある。何の用事もなかったが、すぐに返信はできなかった。

先週末に村井に呼び出された居酒屋で話したことを思い出す。

——浅見と谷原が事故現場に到着したとき、本当に、車は谷底に落ちてたのかな。

村井がそう言ったのに対し、深瀬は何も答えなかった。答えられなかったのだ。居心地の悪い沈黙が続いたあと、口を開いたのは村井の方だった。

——やっぱ、なし。今のは忘れてくれ。

そう言って、時間を確認し、しめにラーメンでも食いに行くか、と深瀬に笑い顔を向けた。腹いっぱいだよ、と深瀬は小さく返しただけだった。だよな、と村井もそれ以上誘わず、襖を開けて店員に会計を頼んだ。

——あそこさ、今の時期は鱧《はも》鍋も食えるみたいだし、今度はみんなで来たいよな。そうだ、そうやって声かけてたんだ。おまえも誘っといてくれって、浅見に頼んだんだけど。

——うん、聞いたよ。

本当に自分も誘われていたのだな、と思いながら村井と駅で別れた。

気になっていた村井の言葉の意味を深く考えたのはアパートに帰ってからだ。体力を使うことなど何一つしていないのに、部屋に着いた途端、どっと疲れが込み上げ、テレビもつけず、畳の上にあおむけに寝転がった。天井の壁紙は無地ではなく、小さな格子模様だったのかと今更ながらに気付き、それをぼんやりと眺めているうちに、無理やり頭の中に封じ込めていた言葉が浮かんできたのだ。

浅見と谷原が事故現場に到着したとき、本当に、車は谷底に落ちていたのか。裏を返せば、まだ落ちていなかったのではないかということになる。車はそこにあった。事故に遭っている。炎上はしていない。車の中には広沢がいた。そうなれば、まずは救急車を呼ぶか、警察に通報するはずだ。しかし、村井や深瀬が到着したときには、車は谷底に落ちていた。まだ落ちていなかったものが落ちたのだとしたら、故意に落としたということになる。何故そんなことをしなければならない？

広沢がアルコールを摂取していたことを、警察に知られたくないからだ。だから、車ごと炎上させることにした。しかし、谷底に車を落とせば必ず炎上するものなのだろうか。もしかすると、タバコを吸う習慣のある広沢は、ライターを服のポケットにでも入れていたのかもしれない。それで、車内にあらかじめ火を放った後、放火を疑われないように、車を落下させた……。

深瀬はガバッと起き上がり、頭を振った。台所に行き、冷蔵庫から水のペットボトルを取り出して、そのままラッパ飲みした。バカな考えを拭い去るように、シンクでジャブジャブと顔も洗った。

しかし、同じことを村井は考えたからこそ、あんなことを言った。谷原や浅見を深瀬の何倍も理解しているはずの村井が、二人を疑っている。だが、と村井がそんな考えに至った理由について考えてみると、おかしいと言い切ることはできなかった。

村井は谷原と浅見とで三等分されている罪から、自分だけ抜けたいのではないか。だから、二人に広沢を恨む理由があることを仄《ほの》めかし、より罪深い状況を捏造《ねつぞう》した。人殺しの貼り紙が余程こたえたに違いない。村井はそういうヤツだ。

深瀬は広沢の事故についてそれ以上考えるのを止めた。

その村井がまた会いたいと連絡を寄越している。しかも、これから。やはり、仮説を話したいと思ったのだろうか。深瀬が同意すれば多数決は二対二となる。が、そんなくだらないことのために村井に会うのは嫌だった。会えば、勢いに押されて身勝手な仮説に頷かされてしまうかもしれない。

だが、もしかすると、新たな嫌がらせがあったのかもしれないとも思う。深瀬は携帯電話を持ち直し、短い文章を打った。

『何かあった？』

これの返事次第で会うかどうかを決めよう。返信はコーヒーを一口飲む間もなく戻ってきた。

『谷原が線路に突き落とされた』

深瀬はまだ三分の一ほど残っているトーストを残し、コーヒーだけ飲み干して立ち上がった。冷めた蜂蜜入りのコーヒーは、いつかと同様にちぐはぐな味がして、それがさらに深瀬の胸をかき乱した。

もう終わったことだと捉えていなかったか。そう深瀬は自分に問うた。深瀬を人殺しだと糾弾する手紙が人生初の彼女、美穂子の元に届き、二人の関係は終わった。その段階で手紙の送り主の復讐《ふくしゅう》は終了した、と。浅見や村井も同様の被害に遭っていたが、命にかかわるものではなかった。だからこそ、腹も立ち、理不尽な思いに囚《とら》われもしたが、問題を放置したままにしていた。

だが、線路に突き落とされたとなると……。谷原はどうなったのだ。深瀬は移動中の電車の中で、携帯電話で電車事故について検索したが、ここ数日のニュースに、電車との接触による死亡事故というものは見つからなかった。

前回は見知らぬ町を旅するような思いでようやく辿り着いた居酒屋も、二度目となるとあっけなく到着した。この程度の距離で、知り合いに会わない場所だなどと勘違いしてはならない。深瀬は引き戸の前で一度深呼吸して、店に入った。店員に村井の名を告げると、前回と同じ、奥の個室に案内された。

襖を開けると、すでに村井がいた。そして、テーブルを挟んだ向かいに浅見も。どのくらい前からいたのか、村井の前には半分ほど空いたビールのジョッキが、浅見の前にはまだ口をつけていなそうなウーロン茶のグラスが置かれていた。料理はお通しの枝豆だけだ。深瀬は細い隙間から体を滑り込ませるように中に入り、後ろ手で襖を閉めた。

「谷原は？」

立ったまま村井に訊ねた。

「まあ、座れ。命に別状はなかったらしい」

村井が落ち着いた口調で答え、深瀬は胸をなでおろしながら浅見の隣に座った。

「仕事は大丈夫なのか？」

浅見に訊ねると、成績処理も終わったしな、と返ってきた。忙しさにどう関係あるのかわからなかったが、早く切り上げることができる時期だということだろうと解釈した。いや、谷原のことを知れば、余程の用事がない限り駆け付けるはずだ。

「まあ、適当になんか頼もう。話はその後だ」

村井がメニューを広げた。食事がのどを通る気がしなかったが、ウーロン茶と料理はこのあいだと同じもので、と深瀬は答えた。浅見が眉を顰めて村井と深瀬を交互に見た。二人が会ったことを知らなかったようだ。

「先週の金曜日にここに来たんだ。例の、告発文のことで」

隠すようなことではないと話してみたが、すぐに、あっ、と口を閉じた。例の、などと言ってしまったが、浅見に起きたことを深瀬が知っている、と浅見自身は知らないのではないか。

「浅見のことも、配達に行ったとき、ちょっとだけ木田先生から聞いて」

言い訳をした途端、浅見は大きく息をつきながら額に手を当てた。

「ちょっと、じゃないんだろ」

「ごめん……」

謝ってしまった。深瀬を呼び出し、ベラベラと一方的にしゃべっていたのは木田だというのに。

「そんなの、今更いいだろ。全員に何らかの形で告発文が届いたのは事実なんだから」

村井はそう言って襖を開け、店員を呼んだ。何か食いたいものはあるか？　と浅見に訊ね、まかせるよ、と言われると、前回とまったく同じものを注文した。襖が閉まり、三拍ほど置いて、深瀬は二人に向かって訊ねた。

「谷原のところにも告発文が届いてたのか？」

「そりゃあ、あいつのところだけナシなんてことはないだろう。……まあ、詳しいことはおまえが話せよ。あいつに会ったの、おまえだけなんだから」

村井が浅見に言った。今度は深瀬が眉を顰めた。村井と谷原と浅見の三人で一組ではないのか。仮に、その三人の中で谷原を中心に二人と一人に分かれるのなら、谷原と村井がペアになるのだろうと思い込んでいた。

深瀬のウーロン茶と簡単な料理が運ばれてきた。浅見は襖が閉じているのを確認するように目を遣って、深瀬の方を向いた。

「告発文は匿名の手紙の形式で、会社の総務部宛に届いたそうだ」

谷原から浅見のもとに電話がかかってきたのだという。浅見が車に貼り紙をされたのはその二日後だったため、そのときは、谷原個人を快く思っていない者、特に、同じ会社内の人間の仕業ではないか、と浅見は他人事のように答えた。しかし、谷原は広沢の事故の件以外で人殺し呼ばわりされる覚えは微塵《みじん》もないと断言し、お呼びがかかっていないだけで、すでにおまえにも校長やPTA会長のところに同様の手紙が届いているのではないか、とも浅見に仄めかした。

とはいえ、谷原はそれほど切羽詰った様子ではなかったらしい。大企業ともなれば意味不明の手紙が届くことも珍しくないそうだが、総務部に呼び出され、聞き取り調査が行われた。そこで、谷原は広沢の事故の話をした。

「会社の連中にしゃべったのか?」

村井が頓狂《とんきょう》な声を上げた。深瀬も驚いた。自分を理解してくれるのではないかと信じていた美穂子にだからこそ打ち明けたが、もし、谷原と同じ状況になり、会社の上司に呼び出されていたら、広沢の「ひ」の字も出さなかったはずだ。身に覚えがありません、と口ごもりながら答えていただけだろう。

「下手にごまかそうとするよりいいんじゃないか? 警察に話したままのことをきちんと伝えて、これ以外に身に覚えはありませんとした方が」

浅見が言った。そういうものだろうか、と深瀬は浅見の横顔を観察した。おまえは貼り紙を目撃した人たちにきちんと説明していないではないか。谷原の被害のことを知っていたのだから、尚更、事故のことだとすぐにわかっただろうに、目撃した同僚には、学内で飲酒をして処分をうけた生徒か親がやったと思わせている。

それは、教師として正しい対応なのか？

「それで、会社の人間は納得してくれたのか？」

深瀬は訊ねた。

「どんなやりとりがされたのか詳しくは聞いてないが、最後には、気にするなって励まされたとか言ってた」

そんなものなのか、とまたもや肩すかしをくらった気分になった。自分も美穂子にバカ正直にすべて打ち明けなくとも、飲酒のことを省いて話せばよかったのかもしれないと、どうしてあのとき気付かなかったのか。

広沢に酒を飲ませることに、自分は一役も買っていないからだ。自分は悪くない、広沢が事故に遭ったのは自分のせいではない、それを殊更主張するため、酒についてはむしろ省くことはできないエピソードだと思っていたからだ。それがかえって墓穴を掘った。

「じゃあ、告発文を送ったヤツの思惑は外れたってことだな」

村井の言葉にハッとする。

「だから、線路に?」

口にしながら、二の腕に鳥肌が立つのを感じた。

「そこまではわからない」

浅見は冷静に答えた。さらに料理が運ばれてくる。注文の品が揃った。ここから、会話が中断されることはない。

「おい、線路に落とされたこと、詳しく話せよ。何の処分も受けなかったことを知って、すぐに次の行動を起こしたんだとしたら、会社の中に犯人がいるんじゃないか?」

村井が興奮気味に言った。単純すぎる仮説だが、深瀬もまったく否定する気にはなれなかった。告発文により、深瀬は美穂子を失ったが、何も失っていないのは谷原だけではない。なのに、次の一手はまず谷原に迫った。

「もしかして、俺たちってダミーじゃねえの? 犯人の狙いは谷原一人で、谷原のことを調べているうちにあの事故のことを知って、こっちを目隠しに使おう、……的な?」

村井が持論を強引に推し進める。だとしたら、とんだとばっちりではないか。深瀬は頭を抱えたくなった。

「待て、先走るなよ。谷原が突き落とされたのは、日曜日。いつもの野球チームの練習試合の帰りだ」

浅見が言った。

「なんだ、先に言えよ」

「村井が口を挟んでくるんじゃないか」

「じゃあ、黙っとくから、まとめて一気に言ってくれ」

村井はふてくされた様子で白エビのかき揚げを丸ごと口に押し込んだ。

「この日曜日のことだ……」

浅見はこんなふうに授業をしているのだろうな、と深瀬は姿勢を正して浅見の講義に耳を傾けた。

日曜日、谷原の地元の少年野球チームOB有志で結成された〈ボンバーズ〉は、埼玉の市民グラウンドで、隣町の少年野球のOBチームである〈ファイターズ〉と午後から試合を行った。〈ボンバーズ〉は谷原の逆転2ランで勝利し、その後、グラウンドに近い居酒屋で打ち上げと称した飲み会が始まった。二次会が居酒屋に近いカラオケ店で行われることになったが、谷原は翌日、午前中に大切な会議があるからと、二次会には参加せず都内にあるマンションに帰ることにした。

午後九時頃だった。駅のホームで電車を待っていると、突然背中に強い衝撃を受け、谷原は線路に落下した。何が起こったのか頭がぼんやりしているところに、列車が迫ってくるのが見え、間一髪のところでホームの下の空洞に逃げ込んで助かったのだという。

浅見はウーロン茶を一口飲んだ。

「そういうタイプのホームでよかったな。で、谷原本人がまた電話してきたのか？　おまえも気を付けた方がいいって」

村井が言った。

ああ、とグラスを置きながら浅見が頷いた。深瀬は一瞬、漠然とした違和感を抱いた。

「だから、今度は浅見が俺にメールを寄越したんだな。直接会いたいから深瀬も呼んでくれって。谷原のことを話して、おまえらも気を付けろよって言うために？」

「……そうだ」

「それっておかしいだろ。もう水曜日だぞ。その間に、俺や深瀬になんかあったらどうするつもりだったんだ？　今日、声をかけたのはおまえの都合か？　そんなダルいことせずに、谷原が直接全員にメールでも送りゃよかったんじゃないのか？」

「そうじゃない。悪い、説明不足だったな。谷原からの電話は今日の昼にあったんだ。驚いたよ。谷原に直接会いたいって言うと、マンションに来てくれって言われて、仕事を切り上げて行ってきたんだ。それから、谷原のマンションを出てすぐに村井に連絡をして、直接ここに来た」

「じゃあ、何で谷原も一緒に来なかったんだ？　ケガでもしてるのか？」

「谷原は……、ケガは擦り傷程度だけど、精神的にかなりまいってる。外に出るのが怖いらしい。月曜日からずっと会社を休んでいるんだ」

「あいつ、そんなナイーブなキャラだったか？」

「電車にひかれて死ぬところだったんだぞ！」

浅見が声を荒らげ、深瀬は肩を震わせた。電車が自身に向かってくるところを想像してみる。もちろん、村井も話を聞きながらその光景を思い浮かべていたかもしれない。それが村井の姿であろうと谷原の姿であろうと、すんでのところでヒラリと身をかわしたに違いない。だが、運動神経がそこそこよくても、突然、何が起きたのかを判断し、最適な行動を取ることは難しいはずだ。自分だったら……、鳥肌が立っている二の腕を、深瀬はワイシャツの上からゆっくりと撫でた。

「だけど、このまま一生、家の中に閉じこもっているわけにもいかないだろう」

村井はジョッキに残っていたビールを呷った。

「だから……、警察に相談すると言っている」

浅見が大きく息を吐き出すように言った。深瀬も村井も目を見開いて浅見を見返した。

「とりあえず、今日は何もしないはずだ。俺も一緒に行くって言ったから。谷原が外に出ることを恐れているのは事実だが、実は、ここに集まることは伝えていない」

「谷原と浅見は警察に行くが、俺と深瀬はどうするかってことだな？」

村井が言った。

「ちょっと、待って」

深瀬は確認したいことがあった。浅見に訊ねる。

「それは、告発文のことと駅で突き落とされたことを相談するだけ？　それとも、あれも全部打ち明けるってこと？」

「あれ？」

「酒のことだよ」

浅見が問い返した。どうして察しないのかと、深瀬はもどかしくなる。

「おまえ、それは墓場まで持っていく約束だろ」

村井が口を挟んだ。

「俺は親にも彼女にも誰にも話してないし、これからだって絶対に口にしない。だいたい、バカ正直に警察にそんなことを打ち明けてどうなるんだ？　告発文には、単に俺たちが人殺しだって書いてあっただけで、秘密を打ち明けなきゃ殺すとかなかっただろ」

「村井！」

徐々に声が大きくなっていく村井に向かって、浅見が口の前に人差し指を立てた。個室とはいえ、防音設備が整っているわけではない。別の部屋からの笑い声も聞こえている。

「ああ悪い」

村井は前のめりになっていた体を戻し、あぐらを組んだ足を組み替えた。

「もちろん、あれのことは伏せておく」

浅見が手本を見せるように声を落として言った。

「じゃあ、いいんじゃないか？　あの事故のことを掘り返されるのは避けたかったが、谷原は命の危険にさらされたんだし、これから、俺やおまえたちにもその危険が及ぶかもしれないことを考えれば仕方ないよな。きっちり、犯人をつかまえてもらおうぜ。紙に指紋が残っているかもしれないし、俺も証拠品として一緒に出すよ」

村井は一緒に警察に行く気満々だ。自分も美穂子からあの手紙をもらってきた方がいいのだろうか、と深瀬は腕を組んだ。

「待ってくれ。俺は谷原には一緒に行くと言ってなだめたが、本当はどうすればいいのか迷ってる。だから、おまえたちに相談したんだ」

浅見は村井と深瀬を交互に見た。浅見がためらう理由を深瀬はなんとなく理解することができた。

「おまえ、さっきは谷原が死にそうになったんだぞって怒ったじゃん。なのに、何を迷ってるんだ？」

村井が訊ねた。

「大切な人かもしれないから、だよな。広沢の」

確認するように深瀬が言うと、浅見はゆっくり頷いた。

「村井が言ったように、犯人は谷原だけを狙っていて、俺たちはダミーだっていうなら、早いとこ警察に相談した方がいいかもしれない。谷原個人を恨んでいるヤツなんて、本人が気付いていないならなおさら、見当をつけるのは難しいからな。でも、普通に考えりゃ、告発文を送った俺たち四人全員を恨むヤツが犯人だろう。だとしたら、動機は何だ」

「広沢の事故のことしか考えられないよなあ」

村井が言った。

「じゃあ、広沢が死んだことで、俺たちを殺してやりたいほど憎んでいるのは誰だ？」

「やっぱ、親か？」

「そんなの、考えられないよ」

深瀬が声を上げた。広沢の両親に会ったのは四回だ。事故の翌日、広沢の通夜と葬儀、翌年の一回忌、そして、昨年の三回忌。特に、一回忌と三回忌の法事のときには、特別なもてなしを受けた。玄関の敷居をまたがせてもらえなくても当然だというのに。

「まあ、俺だって犯人が広沢の親とは思いたくないさ。あれだけ親切にしてくれたし、それに、告発文も全員郵送ならともかく、親父の事務所や浅見の車なんて、どう考えても手作業じゃん。そんなことをするために、わざわざ愛媛から出てくる……、はずがない」

そうだ、そうだ、というふうに深瀬は大きく頷いた。

「そうなると、次に考えられるのは彼女とか友だちかな」

村井が言い、だよな、とつぶやくように口にしたが、いまいち実感が伴わなかった。その関係にいる者が果たしてそこまでの復讐をするだろうか。たとえば、と考える。自分が別荘に行っていなかったらどうだっただろう。深瀬にとって広沢は一番の友だち、親友だ。その親友が交通事故で亡くなった。同行していたゼミのメンバーたちが、広沢が運転免許を取って日が浅いことを知りながら、悪天候の中、悪路を走らせたせいだと知り、恨みはするだろう。だが、告発文を送ったりするだろうか。ましてや、殺してやろうとなど。しかも……。

「なあ、どうして今更なんだろうな」

浅見が言った。それは深瀬も告発文を見せられたときから何度も考えたことだった。だが、もしやと思うこともあった。

「最近になって新事実を知ったからじゃないかな」

夕方の駅のホームでの女子高生たちの会話、コーヒー店で関西訛りのサラリーマンが話していたこと、それらが通りすがりの他人のことでありながら、しっかりと頭の中に残っている。

「俺たちは慎重に隠してきたつもりでも、あれをうっかりとどこかで話したことがあるのかもしれない。それを偶然、広沢の知り合いが聞いていた、とか」

そして、広沢の親の耳に入ったとしたら。去年親切にしてくれていたことなど、まったく無関係になる。むしろ事件直後に事実を知るよりも、裏切られたと怒りが倍増するかもしれない。

「俺たちは慎重にやってきた。だから、あれがバレてというのは考えにくいが、とにかく、犯人を俺たちで見つけ出すのが一番だ。それが難しくても、広沢の親とか彼女とか、逮捕されて広沢が悲しむような人がやったのかどうかを確認してから、その後のことを考えたいと思ってる」

浅見が言い、深瀬は頷いた。まったく同じ思いだ。

「でもさ、もし、やっぱり親とかが犯人だってわかったらどうするんだ?」

村井が訊ねた。

「話し合いたい。どうしてこんなことをしたのか、俺たちにどんな償いをもとめているのか」

「悠長なこと言ってっけど、谷原は殺されかけたんだぞ」

「多分……、浅見は親じゃないって九割方思ってるんだろ? それを確信したいんだよな」

深瀬が問うと、今度は浅見が頷いた。

「ホームはそれなりに混んではいたらしいが、谷原が昔から利用しているところだ。そんなところに、多少変装していても、広沢の親がいたら、谷原なら絶対にわかるんじゃないかと思う。ほら、あいつ、他人の顔と名前覚えるの得意だろ？」

深瀬にも思い当たることがあった。学生の頃に意識したことはなかったが、広沢の葬儀の翌年、一回忌のときだ。遠いところを来てくれてありがとう、と年配の女性に声をかけられ、深瀬は誰だかわからないまま、どうも、と頭を下げたが、谷原はそれが広沢の通夜の会場で受付けをしていた人だと憶えていた。他にも、あの集団は広沢の高校時代の友だち、あの人は中学のときの担任の先生、とどこで情報を仕入れてきたのかその場にいる人たちが広沢とどういった関係があるのか、大半を把握していて驚いたものだ。

「それじゃあ、矛盾しないか？　谷原は広沢の葬式に来ていた人をかなりの数、憶えていた。もし、ホームにいたら谷原ならわかるってことだよな。声かけたりはしないかもしれないけど、どうしてこんなところにいるんだって警戒はするはずだ。告発文の後だからな。とりあえず、列の先頭には立たないだろう。でも、あいつはまったく警戒しなかった。そして、線路に突き落とされた。犯人は広沢と親しい人物。葬式にこない程度のか？」

村井に指摘され、浅見と深瀬は腕を組んで黙り込んだ。

「それよりさ、今からでも谷原のところ行かないか？　ホームに知った顔がいたかどうかとか、浅見も谷原にきっちり確認とったわけじゃないんだろ？」

「そうだけど、大丈夫かな」

浅見が眉を顰める。

「こういうときに一人でいる方が最悪な想像ばっかして、弱っていく一方だろ。それとも、彼女が一緒にいてくれてるのか。……いや、このあいだ連絡とったときは、狙ってる子がいるとかどうとか言ってたから、多分、今はいないな。よし、じゃあ、大丈夫だろう。一応、今からそっちに行くってメールしておけばいいな。おい、料理も食っとこうぜ。谷原には牛丼でも買っていくか」

村井が次々と決めていくことに、深瀬はついていくのが精いっぱいで、テーブルの上の残っている料理を、自分に近い皿からとりあえず片付けていった。

「メールは俺が送るよ。おまえたちと会うことも言ってないから驚くだろうし」

浅見は村井の返事を待たずに携帯電話でメールを打ち始めた。その様子を見ている村井の目に、一瞬、訝《いぶか》しむ色が浮かんだのを深瀬は見逃さなかった。

まだ村井は事故直後のことを疑っているのだ。

会社が借り上げているという谷原のマンションへは居酒屋からちょうど一時間で到着した。やつれきった姿で出てくるのではないか、と深瀬は想像していたが、谷原は風呂上りのようなこざっぱりとした恰好で三人を迎えた。が、腹は減っていたらしく、村井の差し出したテイクアウトの牛丼を嬉しそうに受け取った。

「紅ショウガ抜きにしてもらったからな」

村井が言い、助かるよ、と谷原はビニル袋に顔をつっこむようにして香りをかいだ。広沢は紅ショウガが好きだったな、と深瀬はどんぶりの表面がピンク色になった牛丼を旨そうにかき込む広沢の顔を思い出した。

「さすが、深瀬。コーヒーもちょうどきれていたんだ」

谷原が深瀬の手元に目を留めて言った。牛丼に負けないくらいの香りを放つコーヒー豆は会社のために買ったものだが、仕方がない。紙袋から一袋だけ取り出して谷原に渡した。危険な目に遭ったことを差し引いても、相変わらず物事の捉え方は自己中心的だな、とあきれてしまう。

「よかったら、淹れてくんない？」

ワンルームマンションの玄関を入ってすぐのところにあるキッチンスペースの、冷蔵庫の上にコーヒーメーカーが置いてある。おまえも来たのか、よりはいいかもしれない。深瀬は、いいよ、と早速シンクに向かった。コーヒーをセットして、冷蔵庫横の小さな食器棚をのぞくと、サイズも模様もバラバラなマグカップが五つ並んでいた。その一つは、谷原が研究室で使っていたものだ。

ふと気づくと、カップを五つ並べていた。慌てて一つ戻す。砂糖はどこだと探してみたが、調味料は醬油とマヨネーズしか見当たらない。が、これでいいのだと思い直す。砂糖をたっぷり入れていたのは、ゼミ生の中では広沢だけだ。どうやら水の量も間違えていたようだ。なみなみとコーヒーが注がれたカップを両手に一つずつ持ち、二往復して三人が囲むテーブルの端に深瀬も腰を下ろした。

「やっぱさあ、駅のホームに葬式のときに見た顔はいなかったらしい」

村井が深瀬に言った。コーヒーを淹れているあいだに、居酒屋で話したことをかいつまんで谷原に説明しているのは、深瀬にも聞こえていた。

「こいつ、野球のマネージャーをやってる女と一緒だったんだって。盆休みに二人でどこか出かけようって誘おうと思って、周りに知り合いとかいないか確認したんだよな」

「前に親戚のおばさんに出くわしたことがあったからな」

谷原が牛丼をかきこみながら言った。食欲も十分にあるようだ。

「で、一番あやしいのは広沢の彼女じゃないかって、こいつは言うんだよ」

谷原は口の中のものを飲み込みながら頷いた。

「広沢って、彼女いたっけ？」

深瀬が訊ねた。広沢と過ごした時間をすべてひっくり返してみても、彼女の話題など一度も出たことはない。訊ねなかったのは……、同類でありたかったからだ。

「いただろ。なあ、浅見」

谷原が浅見に同意を求めたが、そうだっけ？と浅見も首をひねった。

「斑丘高原に向かう途中の道の駅で、あいつ、ご当地キティちゃんのストラップ買ってたじゃん。彼女に？　って訊いたら、妹にだよ、なんてさらっと言っちゃってさ」

「ああ、そうだ」

浅見も手を打った。谷原と浅見が酒を買いに行き、広沢も土産を買うと言って追いかけ、一人でパンコーナーにいたときだ、と深瀬もそのときのことを思い出した。

「妹なんていなかったじゃん」

谷原が箸を置いて俯いた。一人息子だったのに、という声は深瀬も葬儀場の至るところで上がっているのを聞いた。

「でも、葬式にそれっぽい子、いなかったんじゃ……」

深瀬は葬儀場での様子を思い出しながら言った。後ろめたい思いを抱える四人は、最初は会場の一番後ろにいたのに、さあ前へ、さあ前へ、と地元の人たちや親戚たちに勧められるまま移動し、まるで友人の代表であるかのように、親族席のすぐ隣に座ることになってしまった。そこから、焼香する人たちをぼんやりと眺めていたが、彼女ではないかと思うような子は見かけなかった。いや、と首を振る。人一倍号泣したり取り乱したり、憔悴《しょうすい》しきった様子の女の子がいなかっただけだ。

「広沢が死んだことを、葬儀のときにはまだ知らなかったのかもしれない。俺たちだってもし広沢が夏休み中に他のところで事故に遭っていたら、あの場にはいなかったかもしれないじゃないか。携帯は燃えてしまってたし、今のご時世、連絡が取れないからって学生課で実家の住所や電話番号を聞いても教えてもらえないだろうし」

浅見が言った。なるほど、と深瀬は思った。広沢が事故に遭うまで、深瀬も広沢の実家の住所など知らなかった。そして……。もし、今、自分が死んだとしても、美穂子は葬式には来てくれないはずだ。関係が続いていたとしても。まず、死んだことを美穂子に伝えてくれる人はいないし、〈クローバー・コーヒー〉経由で伝わったとしても、深瀬の実家の連絡先まではわからない。

広沢はどんな子と付き合っていたのだろう。そういえば、蕎麦屋を出たとき、車の外で待っていた広沢は携帯電話を操作していたが、もしかすると、彼女にメールを送っていたのかもしれない。高原豚のカツカレーが旨かった、とか。そして……、どうして思いつかなかったのか。

「広沢は車で出ていったあとで、彼女にメールを送ったかもしれない。そこに、酒を飲んでることも書いてあったら……」

浅見、谷原、村井、三人が同時に深瀬に注目した。

「広沢が運転中にメールなんてやるか？」

村井が言った。

「眠くなったのかも。俺、広沢が出る時にコーヒーを渡したんだ。だから、それを飲むために車を路肩に止めて、そのついでにってことも」

広沢は文句も言わずに出て行ったが、本当は愚痴の一つもこぼしたかったはずだ。彼女に直接電話をかけた可能性もある。広沢の声を最後に聞いたのは、自分たちではなかったのかもしれない。頭をクリアにするためか、三人同時にカップを持ち上げた。

「あのさ」

深瀬は姿勢を正して三人に向き直った。

「犯人捜し、俺にさせてもらえないかな。夏休みも交代制だから、申請すれば来週にでもとれるだろうから、頼む」

とっさに頭を下げた。まだどれだけも減っていないコーヒーの表面が視界に飛び込んでくる。色だけで味を判別することはできない。これと同じなのかもしれない。自分こそが広沢の親友だと思っていたのに、情けないほどに広沢のことを知らない。

彼女は本当にいたのか。四年生になるまでは誰と仲がよかったのか。どんな学生生活を送っていたのか。バイトは、サークルは、高校時代は、中学時代は、子どもの頃は……。犯人捜しなど、どうでもいい。ただ、広沢由樹のことを知りたかった。

どんな人生を送ってきたのか、遡っていきたいと――。

第四章

広沢由樹がどんな人生を送ってきたのか、遡っていきたい。

深瀬は大学のゼミ仲間の前で宣言したものの、いざ家に帰って一人になり、計画を立てようとしたところで、早くも行き詰ってしまった。アパートのまだそれほど黄ばんでいない畳の上に寝転がり、天井を眺める。そこに、広沢の人生が映し出されればどんなにいいだろう。

広沢の人生というフィルムに自分が映っていることは確かだ。しかし、それはどれほどの長さでもない。大学の同じゼミに所属していたほんの数ヵ月。ほんのワンカットかツーカット。それでも、自分の足元から順にフィルムを手繰り寄せていけば、少しずつ遡っていくことができるのではないか、などと安易に考えていたが、深瀬が広沢と過ごしたシーンは他のどのシーンにも繫がっていないことに、ようやく気が付いた。

長い線の上に点でのみ存在しているようなものだ。

そもそも、四年生になるまで、学内で広沢を見かけた憶えがほとんどなかった。深瀬が必要最低限しか学校に通っていなかったせいかもしれないが、それでも、入学当初はいくばくか気持ちを外側に開いていた。ここでこそは、自分を理解してくれる人と出会えるのではないか。友人ができるのではないか、と。

そういうとき、同じ教室に広沢がいれば、何か感じるものがあったに違いない。現に、研究室での初日、集まった学生の中に広沢を見つけたとき、趣味も性格もわからないのに、自分と同類の人間がいる、とホッとした。

同じ学部、学科なのだから、何かの講義で一緒になっていてもよかったはずなのに。広沢から編入や海外留学をしたという話は、一度も聞いたことがない。出会う前の学生生活について、二人で何か話さなかったか。

アルバイトの話をしたことがあった。引っ越し会社だと聞き、広沢らしいな、と思ったことを憶えている。時給はいいが、運転免許をもっと早く取っていれば、さらに手取りがアップしていたのに、とそれほど悔しくなさそうに言っていた。

あとは、家庭教師を一年だけやった、とも。なかなか楽しかったが、中学三年生の男子で、無事、志望校に受かったのでお役御免になったのだ、と。家庭教師についてはそれだけだ。深瀬が一時期、コンビニでバイトをしていたことを知ると、あそこはオリジナルのレトルトカレーが旨い、と広沢が言い出し、あとはカレーの話題一色になってしまった。

起き上がって、テレビ台として使っている物入れの引き出しをあさった。ボールペンは出てきたが、ノートや手帳といった紙類が見当たらない。いったい、自分は何の会社で働いているのだ、とあきれ返りそうになったところに、B5サイズの新品のノートが一冊出てきた。こげ茶色の表紙がコーヒーの色のようで、〈クローバー・コーヒー〉で覚えた蘊蓄をまとめてみるのもいいかもしれない、と思い購入したものだが、中は白いままだ。

ここに書こうと思っていたことは、全部、美穂子に話した。

ペンを手にした。

『広沢由樹は引っ越しのバイトをしていた』

『広沢由樹は家庭教師のバイトをしていた』

『広沢由樹はカレーが好きだった』

広沢由樹は、で始まる文章を書いていく。

同期入社の社員が一人もいない深瀬は、テレビなどで見かける、集団で合宿を行うような新人研修には縁がなかった。そのかわり、社長から課題を出された。

わたしは○○です。という文章を一時間で百個書けというのだ。名前、出身地、趣味、星座、血液型、その辺りまでは思い浮かぶが、あとは何を書けばいいのかわからない。しかし、考えるあいだにも時間は過ぎていく。苦肉の策として、『わたしはコーヒーが好きです』とすでに書いてあるのに、『わたしはマンデリンが好きです』と、コーヒーの種類をいくつか挙げてみた。それと同じ方式で、好きな本や映画のタイトルを挙げた。食べ物も挙げた。寿司が好きだと書いた後で、寿司ネタもいくつか挙げ、どうにか、百個書くことができた。

改めて読み返してみると、バカげたことばかりで恥ずかしくなった。残り時間が五分以上あったら、全部消していたかもしれない。しかし、消しゴムを手にする間もなく、社長が直接やってきて、終了を告げた。社長が紙を手に取り、じっと眺めているあいだ、深瀬はただ俯いて机の一点を見つめることしかできなかった。社長はいくつかの項目を声に出して読み上げたあとで、深瀬和久くん、と名を呼んだ。深瀬は思わず立ち上がり、姿勢を正して、はい、と大きな声で返事をした。

——なかなか、俺と気が合いそうじゃないか。

言われた途端、肩の力が抜け、だが、同時に、体の奥から熱いものが込み上げてきた。つまらない部分を含めて、自分という人間を肯定してもらえたのだ、と。

しかし、勝手にそう解釈したものの、実は、書いた内容など何でもよかったのかもしれない、と日が経つに連れて思うようになっていった。あれは営業の場で自分の意見を言うための練習だったのだ、と。それでも、あの紙は深瀬和久という人間で埋め尽くされていたように感じる。紙の上からお湯をかけると、深瀬のクローンが浮かび上がってきてもおかしくはない。コンピューターのプログラムのようでいて、もう少し、血の通ったもの。

同様に、このノートを広沢のことでいっぱいにすれば、そこから広沢の姿が浮かび上がってくるような気がした。重要、重要でない、そんな取捨選択はいっさい行わず、広沢に関することなら、何でも書いていく。

広沢を知る人に会いながら。……それが、問題なのだ。手繰り寄せるものが何もない。広沢の携帯電話がここにあれば、などと便利そうなものにすがりたくなるが、事故の際に燃えてしまったというし、無事残っていたとしても、そういうのは警察から遺族の元に届けられるはずだ。

その場所なら、かろうじて知っている。

広沢の実家のある愛媛県の海沿いの町には松山空港まで飛行機で行き、そこから電車で向かった。三度目の訪問となるが、一人で訪れるのは初めてだった。チケットの予約も、広沢の両親に連絡を取るのも、人任せだったことを痛感した。その証拠に、法事のときと同じビジネスホテル〈なぎさ〉に荷物を預けて、初めてではない道を歩いているのに、本当にここで合っているのだろうかと不安になるほど、周囲の景色に見憶えがない。

浅見、村井、谷原、ゼミのメンバーには結果だけを報告しようと思っていたのに、広沢の実家の電話番号を知らなかった深瀬は、早速、浅見に連絡を取らざるを得なくなった。

——実家に行くのか？

進路指導室の片隅で浅見が難色を示したのも無理はない。広沢由樹のことを知りたいという思いに囚われてはいるが、そもそもの目的は、四人それぞれの関係者に告発文を送り、谷原を線路に突き落とした、犯人を捜すためだ。広沢を奪われた復讐目的だとしたら、両親などは一番疑わしい存在となる。たとえ、直接行動を起こさなくても、誰かに頼むという手も十分に考えられる。知り合いでなくてもいい。いくらか金を積めば、そのくらいお安い御用だ、と引き受ける連中はネット上にごまんといる。

――両親が疑わしいとしても、一度は会って話さなきゃならないわけだろ。じゃあ、最初でもいいんじゃないか？　それとも、大学で俺たち以外に広沢と親しかったヤツ、浅見は誰か知ってるのか？

――それが、どうにも思い出せないんだよな。

――サークルとか、バイトとか。……いや、ゴメン。

――俺は……、知らない。

結局、浅見も別ルートの提案ができず、深瀬に広沢の実家の住所と電話番号を教えた。その晩、おそるおそる広沢の実家に電話をかけると、母親が出た。由樹くんとゼミで一緒だった、と言ったところで母親は、あら、谷原くん？　え、浅見くんだったかしら、ごめんなさい、村井くんね、とまで先走って当てに来たのに、深瀬の名前は出てこなかったようだ。

――ああ、そうだ、深瀬くん……。

まるっきり忘れていたわけではない、と何か憶えていることを伝えようと、考えているような間が空いたが、次に出た言葉は、元気にしてる？　だった。明るく話してくれるだけでもありがたいと思え。深瀬は自分に言い聞かせながら、今度の週末に仕事で四国に行く用事ができたので、由樹くんのお墓参りをさせてほしい、と電話口で額の汗を拭きながら頼んだ。嘘をついたのは、訪問だけが目的となると、何か理由があるのではないか、などと不審を抱かれるのを避けるためだったが、こういった小さな嘘の積み重ねが、取り返しのつかないことに繋がるのではないかとも思う。

ともあれ、広沢の母親は深瀬の訪問を楽しみに待っていると言ってくれた。それが本心であるのかは、会ってみなければわからないが。

深瀬は緊張すると汗をよくかくが、暑さによる汗はそれほどかく方ではない。しかし、坂道を登りながら、何度もハンカチで汗を拭っている。いっそ、首にタオルを巻いてくればよかった、などと思いながら立ち止ると、前方からいきなり、深瀬を抜かしたばかりの軽トラックがバックしてきた。慌てて、蓋のない側溝をまたぐような形で端に寄ったが、深瀬の数メートル手前で軽トラは止まった。サイドミラーを畳んだ状態の軽自動車がゆっくりと軽トラとすれ違う。深瀬の営業コースにも道幅が狭いところが数ヵ所あるが、これほどではない。

『広沢由樹は細く蛇行した道に慣れている』

あとで書いておこうと、頭の中に文字を浮かべた途端、深瀬は別の道を思い出した。斑丘高原の別荘に続く山道。広沢が車の運転を誤り、事故に遭った場所だ。広沢が車の免許を取ったのは四年生になる直前の春休みだと聞いたが、その後、この道を運転することはなかったのだろうか。

事故に遭ったのは、やはり、運転技術が未熟だったせいではなく、酒を飲んでいたからではないのか。酒を飲んだら寝てしまう。本人も言っていたし、前に訪れた際、父親も似たようなことを言っていた。

殺人じゃないか。

来た道を今すぐ駆け下りたい。振り返った途端に走り出してしまいそうで、深瀬は前方の空を見上げた。空の色まで斑丘高原と同じだ。

「あら、深瀬くん？」

背後から声が聞こえ、ちらりと振り返る。自転車で坂を登っている広沢の母親だった。慌てて、どうも、と頭を下げると、母親は自転車から降りて、深瀬の横に並んだ。

「てっきり駅からタクシーで来ると思っていたのに。暑かったでしょう。車で迎えに行けばよかったわね」

母親はハンドルから片手を離し、深瀬の顔を手のひらであおぐようにひらひらと動かした。母親の顔をこんなに間近でじっくりと見たのは初めてだ。

『広沢由樹は母親似だ』

自転車のカゴに載せられたレジ袋から、コーラのペットボトルがはみ出している。

「深瀬くんはお酒が苦手だったのよね」

母親は広沢と同じ顔で笑った。憶えていてくれたのだ。この人があんな悪質な復讐など、するはずがない。


広沢の墓は広沢家からさらに坂道をぐねぐねと上がっていったところにある、緩やかな山肌の一部のような寺に建てられていた。どの墓も海の方を向いている。

深瀬は目を開けたまま手を合わせた。広沢に訊ねたいことは山ほどあるのに、墓石に語りかけたいとは思わなかった。今の状態では、広沢は何も答えてくれないような気がした。

少し離れたところで、広沢の父親が海風を遮るようにしゃがんで線香に火をつけていた。大きな岩があるようだ。体型は父親譲りなのだな、と広い背中を眺めた。広沢の家で仏壇に線香を上げさせてもらい、冷えた麦茶をごちそうになった後、両親と三人で家を出ようとしたところに、来客があり、父親と二人で来ることになった。道中、ほとんど話はしていない。酒を飲みながら朗らかに話していた印象があったが、あれは谷原や村井がいたからだということに、今更ながらに気が付いた。

火をつけるのに苦戦しているのか、ライターのカチリ、カチリ、という音が少し苛立ちを伴った様子で聞こえてきた。深瀬は父親のところへ行くと正面にしゃがみ、風を遮るように手をかざした。それほど役に立っているようには思えなかったが、ふと風が和らぎ、線香に火がともった。

「やれやれ、やっとついた。助かったよ」

父親は照れたように笑いながら立ち上がり、線香の束を二つに分けると、片方を深瀬に渡した。二人で目を閉じて墓に向かって手を合わせたあとで、父親は振り返り、遠いところに視線をやった。街並みの向こうに海があり、小さな島がぽこぽこと浮かんでいるのが見える。

「いい景色ですね」

深瀬は思ったことをそのまま口にした。日差しは強いが風のおかげで、炎天下にいることが不快にならない。むしろ、久々に布団を干したときのように、体の中にたまったじめじめとしたものが、蒸発していくようだ。穏やかな風景は広沢そのもののように思えた。

「俺もこの景色は好きだけど、由樹にはせせこましく見えていたみたいだ」

訊ねる前に広沢の名前が出て、深瀬は父親の顔を凝視したが、父親は視線を海の方に向けたままだ。

「瀬戸内海を外国人が見ると、川だと思うらしい」

「その話なら、僕も中学の社会の時間に先生から聞いたことがあります」

「由樹が思いつきで言ったんじゃなかったのか。……深瀬くんは事務用品の会社で働いているんだっけ」

父親がこちらを向いて訊ねた。今回、仕事の話はまだしていない。一年前の法事のときに、ほんの少し話したことを憶えてくれていたことになる。

「そうです、営業で、主に外回りをしています」

話を繋ぐ程度に答えた。

「そうか。えらいもんだ。……由樹は大学を卒業したら、一年間、外国に旅に出たい、なんて言ってな」

「えっ」

そうなんですか？ という言葉は飲み込んだ。しかし、その後少し空いた間が、なんだ知らなかったのか、という父親の気持ちを物語っているようだった。父親は再び視線を海の方にやった。

「なんだそりゃあ、って大ゲンカだ。そんなことをさせるために大学に行かせたんじゃないぞ、ってな。だいたい、外国旅行をしたいなら、学生のうちにやっておけばいいじゃないか。せっかく遊んでもいい時間を大金はたいて与えてやってるのに、なんで、わざわざ卒業してから行かなきゃならないんだ。こっちはてっきり、地元に帰ってきて役場にでも就職すると思っていたのに」

自分の父親も同じことを言いそうだ、と思いながら深瀬は聞いた。もっとも、深瀬は旅に出たいと思ったことはないが。広沢はなぜ旅に出たいと思ったのだろう。

「その話をしていたのはいつ頃ですか？」

「三年生の正月に帰ってきたときかな」

深瀬と出会う前だ。父親に反対され、自分と出会ったときにはもうあきらめていたのかもしれない、と思った。

「あんなにムキになって怒る必要もなかったのにな。由樹は一生働かないって言ってたわけじゃない。たった一年。どこか行ってみたい国があったり、そこでやってみたいことがあったりしたのかもしれないのに、……話だけでも聞いてやればよかった」

父親にも広沢に聞きそびれたことがあった。深瀬は自分もそれを知りたいと思った。

「広……、広沢は誰かにそれを話していないのか。由樹くんと仲がよかった人の連絡先を教えてもらうことはできませんか？」

深瀬はここに来た目的を父親に話すことにした。もちろん、告発文や谷原のことは伏せたままで。

「僕は昔から人付き合いが苦手で、初めてできた親友が由樹くんでした。なのに、由樹くんのことを思い返そうとすればするほど、自分が由樹くんのことを何も知らなかったことに気付いて、楽しかった出来事までが僕の夢だったんじゃないかと思ってしまうことがあるんです」

「一番楽しかった出来事を聞いてもいいかな」

父親もまた、自分の知らない息子の大学時代のことを知りたがっているようだった。一番は難しい。日常の何気ないことが楽しかったのだから。映画、落語、牛丼……、しかし、やっぱりあれだ。

「くだらないことかもしれないけど、二人でコーヒーを飲む時間が好きでした。ミカンの蜂蜜を由樹くんが持ってきてくれて、コーヒーに入れてみないか、って提案してくれたんです。ものすごく、おいしかった」

父親は黙って聞いていた。まばたきもせずに深瀬の目を見ていた。深瀬の目に映っていた息子の姿を見ようとしているふうに。この程度のことしか話せないのが申し訳なく思えてきた。ここにいるのが谷原なら、野球をする広沢の姿を見ることができたはずだ。父親ならそちらの方が嬉しいに違いない。

「きみのことだったのか」

父親の頬がゆるんだ。

「はい？」

「うちのミカン畑で兄が養蜂を始めてね。妻が大量の蜂蜜を由樹に送ったんだ。パンにかけるのが好きだからって。それにしても多すぎるだろう、と文句を言ったら、妻が確認するって電話をかけた。そうしたら、勝ち誇ったような顔で受話器を置いてね。友だちにあげたら喜んでくれたそうよ、その子はいつもとてもおいしいコーヒーを淹れてくれるんですって、なんて言うんだ。その後で、もしかして友だちって女の子かしら？　なんて眉を顰めて言うから、こりゃあきっと焼きもちをやいてるなって、多分そうだ、とからかってやったんだ。コーヒーは大概、恋人同士で飲むもんだ、って」

「そんな……」

深瀬は頬が熱くなるのを感じ、手の甲で顔の汗を拭った。父親は面白そうに笑っているがその顔にほんの少しだけ陰が浮いた。

おいおい、勘弁してくれよ。俺はそんな趣味じゃないぞ。そんなふうに抗議する息子の声が聞こえてきたのかもしれない。

「妻にも種明かしをしてやろう。家に戻れば、こっちに住んでいる由樹の友だちの連絡先が何人かわかるよ」

父親は足元に置いていたバケツを持ち上げた。残っている水をひしゃくで掬い、墓石に丁寧にかけている。息子の友人の個人情報を教えるのに、自分は今、面接のようなことをされていたのではないか、と深瀬は思った。そして、それにどうやらパスしたらしい。

「ありがとうございます」

肩越しに礼を言い、水を受けて涼しげに輝く墓石を眺めた。

深瀬は広沢の家から坂道を下ったところにある、市民グラウンドに向かった。午後五時、グラウンドではユニホームを着た小学生が野球の練習をしている。七人しかいないが、これでは足りないのではないか。そんなことを思いながら、深瀬は三塁脇にあるベンチまで行き、腰掛けた。電話で指定を受けた場所だ。

バッターボックスから、キャッチャーとピッチャーを除く各ポジションに向かって順番に送球していた松永陽一《まつながよういち》はベンチの方をちらりと見てから、スバル！　と名前を呼んだ。ショートにいた子がやってきて、松永からバットを受け取った。コーチの代わりをするようだ。スバルという子が一球打ったのを横から見届けて、松永は深瀬のところにやってきた。

「すみません、練習中に」

腰を浮かせた深瀬に、そのままで、と言いながら松永は深瀬の横に座った。

「こっちこそ、こんなところに来てもらって申し訳ない。晩から用事があるんで」

松永は近所に住むおさななじみだと広沢の父親から聞いている。家業の酒屋を継いでいるというので、直接店を訪れると、土曜日の午後は地元の少年野球のコーチをしているのだと言って、松永の母親が携帯電話に連絡を入れてくれた。

「由樹の大学の友だち、なんすよね。何の用？」

「用っていうよりは、広沢……、をよく知る人に、広沢がどんな人間だったかを聞きたくて」

松永に引け目を感じるのは、彼がためらいなく広沢を由樹と呼んだからだ。しかし、これは親しさの度合いというよりは、出会った時期に影響されるものなのだと思い直す。小学生の頃は深瀬も同級生から、和久とか、和久くんとか、下の名前で呼ばれていた。それほど仲良くない相手からもだ。親もきょうだいも親戚も顔見知りの狭い町では、名字で呼んでいたら誰が誰だか区別がつかなくなるからだろう。

「もしかして、追悼文集みたいなのを作るとか？　こっちでも、一時、そういう話は出てたんだよ。俺もそうだけど、この年で同級生が死ぬとか考えたこともなかったから、ほとんどの連中がショック受けてさ。由樹に送るメッセージを集めて、みんなで持っておこうとか言ってたんだけど、結局、仕切るヤツがいなくて、立ち消えになったな」

そういうことを仕切るのは得意そうに見えるのに、とは口にできなかった。しかし、いい話をしてくれた。

「実は、そうなんだ。ちょっと時間があいてしまったけれど。まだ、どんな形でまとめるかは定まってないけど、なるべく多くの人に話を聞きたいと思って」

あまり調子のいいことを並べると、後で、それらしいものを作成しなければならなくなるが、それで警戒心を解いて様々なエピソードを話してもらえるなら、本当に作ってもいいような気がした。深瀬はカバンからノートとペンを取り出した。その日、知ったことをホテルに帰ってまとめようと思っていたが、それでは大切なことを書き漏らしてしまうかもしれない。

メモ書きはノートを天地ひっくり返して、裏面から使うことにした。真っ白いページが開かれたのを確認して、やっぱあのエピソードかな、と松永は語り始めた。

松永と広沢が地元の少年野球チーム〈サニーズ〉に入ったのは小学四年生のときだ。学校でスポーツ少年団の案内が配られると、スポーツ好きの男子のほとんどがサッカーをやりたがったし、松永もそうしたかったが、父親が〈サニーズ〉のコーチをしており、二つ年上の兄も当然のようにチームに入れられていたため、選択の余地はないと、はなからあきらめた。しかし、一人で入るのは嫌だ。そこで、広沢を誘うことにした。約束しているわけではないが、広沢とはほぼ毎朝、同じ場所で顔を合わせ、そこから一緒に登校している仲だ。リレーの選手に選ばれたことはないが、足は速い方だとも思う。

何よりも、広沢は断らないだろうという自信があった。

案の定、松永が〈サニーズ〉に一緒に入ろうと誘うと、広沢は二つ返事で承諾した。あまりにあっさりと答えたので、つい、サッカーじゃなくていいのか？　と訊いてしまったほどだ。

――野球もサッカーもどっちも好きだから。

広沢はそう答えた。その年、少年野球チームに入団した四年生は二人を含めて四人だった。六年生が四人、五年生が三人だったので、少しも練習しないうちから松永と広沢は試合に出されることになった。

初めての公式試合で、広沢は大活躍したのだという。

「体がでかいから力もあるだろうとは思ってたけど、あれは、うちの親父もびっくりしていたな」

ライトを守っていた広沢はホームランすれすれの打球をダイレクトでキャッチして、そのままホームベースに向かって投げた。ボールは大きな弧を描き、バウンドすることなくキャッチャーミットに収まったのだ。

「どんだけ強い肩してんだよ、って思うだろ」

松永が意気揚々と語るのを聞きながら、深瀬はライトの位置にいる少年に目を遣った。タイミングよく彼の番だったようで、ライトを目がけてボールが飛んでいった。ツーバウンドしてから転がったボールを拾い、思い切り投げる。それをセカンドがキャッチしてホームベースに向かって投げた。深瀬は高校野球にもプロ野球にも興味がなかったが、この送球の仕方が普通なのだろうと思った。

「確か、小学校の陸上競技会もソフトボール投げで四国大会までいって、六年のときには三位に入賞したはずだ」

「打つ方は？」

「そっちもすごかったぞ。一試合必ず一本はホームラン打ってたもんな。それに、バントも上手かったし、六年になってピッチャーになったら、いろんな球投げてたし。ああ見えて、由樹は器用だったんだ」

体は大きかったがのんびりしたイメージの強かった広沢は、人のいいノロマなキャラクターとして扱われていたのではないか、と深瀬は勝手に思い込んでいた。自分と同様、スポーツで活躍するのとは無縁だったのではないか。運動会が憂鬱だったのではないか、と。

とんでもない……。

「すごいな。そんなに活躍していたんじゃ、学校でも人気者だったんだろうね」

自虐的な言い方になっていないだろうか、と深瀬は松永の表情を窺いながら訊ねた。しかし、松永の目には、当時の広沢や自分しか映っていないようだ。

「言ったじゃん。人気があるのはサッカーだって。運動神経がいいヤツはみんなサッカー部に入ったから、県大会でもいつもいいとこまでいってたし、クラスの女子なんかファンクラブまで作ってたし。野球なんて、アウト・オブ・眼中だ」

そんなものだっただろうか、と深瀬は自分が小学生だった頃を振り返ってみると、確かに、クラスで主導権を握っていたのはサッカー部の男子だったような気がする。

「だから、俺も中学入ったらサッカーに転向したんだよな」

「広沢も？」

「いや、あいつは野球部だった」

そうだ。中学生のときに野球部だったことは、斑丘高原の別荘で、広沢本人から聞いた。

「なんで、今度は誘わなかったの？」

「そりゃあ、さすがに中学生になったら誰でも、自分のやりたいことは自分で決めるだろ。モテたいからサッカー部入ろうぜ、なんていちいち誘わないしさ」

そうして、松永は広沢と疎遠になり、高校も別々のところに進んだのだと言う。中学時代にサッカー部で一度もレギュラーになれなかった松永は高校で再び野球部に入ったが、今度は広沢がバレー部に入り、練習試合などでも会うことはなかった。

「でも、ばったり会うと、立ち話くらいはしてたぞ。最後に由樹と話したのは、あいつが事故に遭うちょうど一年前の夏だったかな。楽しくやってるか？　って訊くと、こっちにいたときとそんなに変わらないけど、ナイターを見に行けるのは楽しいって言ってたな」

「ナイターって、野球の？」

「他に何があるんだよ」

そう言うと松永は立ち上がり、手をメガホンにして、「よーし、十分休憩」と子どもたちに声をかけた。そろそろ切り上げてくれ、という合図のようにも深瀬には思え、ノートを閉じた。

「ありがとう。広沢がそんなに野球で活躍してたなんて知らなかったから、話を聞けてよかったよ」

「そうか」

松永は照れたように頭を掻き、ふと何かを思いついたように、携帯電話をジャージのポケットから取り出した。

「由樹と同じ高校に行ったヤツに、時間作れないか訊いてみてやるよ」

「本当に？　できれば明日の日中がいいんだけど」

「日曜日か。ならいっそ、来られるヤツ集合、みたいにした方がいいかもな」

「それは……」

深瀬が言い終わらないうちに、松永はメールを打ち始めた。できれば、一対一で会った方が広沢の表面的なところだけでなく、踏み込んだ部分についても質問できるのではないかと思うのだが。

「まあ、ほとんどみんな出て行っちまってるから、いきなりなら、三人も集まればヨシってところだろうけど。で、深瀬サンは今晩、由樹の家に泊まるの？」

「いや、〈なぎさ〉っていう駅前のビジネスホテルに」

「そうか、それなら深瀬サンのケータイ番号かメルアドに連絡送ることにした方がいいかな」

少し抵抗があったが、そちらの方が段取りが組みやすい。深瀬はカバンから携帯電話を取り出した。

「それにしてもさ……」

松永は携帯画面に目を落とし、指を動かしながら言った。

「こういう話すると、やっぱ、由樹が運転ミスるとか信じらんねえよな」

広沢家に続く坂道を再び登る。夕飯は広沢の家でごちそうになることになっていた。

背中に突き刺さるような西日のせいで、ポロシャツはじっとりと湿っている。不快感とともに、別れ際の松永の言葉が蘇《よみがえ》ってきた。広沢は免許を取ってまだ半年足らずだったとはいえ、それが事故につながることが信じられないと考えている知り合いもいる。おさななじみだが、中学校以降、それほど親しく接していなかった松永が思い当たるくらいだ。同様の疑問を抱いている人は、他にもいるのではないか。

松永に取り次いでくれた礼もかねて、〈松永酒店〉に寄って広沢の父親用にワインを一本買ったが、相手が事情を知らないとはいえ、アルコールを手土産にしていることが、ひどく不謹慎に思えてきた。

少し気まずい思いをしてでも、広沢家への土産くらいは〈クローバー・コーヒー〉の豆を買ってくるべきだった。そうしたら、両親に淹れてあげることができたのに。息子が言っていたのはこのコーヒーのことだったのか、と喜んでもらえたかもしれない。

広沢家が見えてきた。さすがに日に二回となると、それほど距離を長く感じることもなくなった。木造二階建て、和式の家だ。庭が広く、ここで広沢は素振りの練習をしていたのかもしれないと、これまでに想像したことのなかった姿を思い浮かべることができた。

玄関ベルを鳴らすと、母親が出てきてくれた。揚げ物の匂いがする。

「暑かったでしょう、さあ、上がって」

中へ促され、靴を脱ぐ前にワインを渡した。

「そんなことしてくれなくていいのに。お父さんのためにわざわざ……」

僕も飲みたいと思っていたんです、と言えないのが辛いところだ。いえ、まあ、と頭を掻くしかない。

「それより、深瀬くん。あなた、お蕎麦は大丈夫？　さっき、旅行のお土産でいただいたんだけど、半生タイプだから早めに食べなきゃいけないみたいなのよ。出雲《いずも》大社に行ってきたんですって」

「じゃあ、いただきます。蕎麦は大好物です」

「よかったわ」

母親はそう言うと、台所に急ぎ足で向かった。

深瀬は居間に入る。父親の姿はなかった。冷房がよく効いている。部屋の中央のテーブルには天ぷらの盛り合わせと、握り寿司、タコときゅうりの酢の物が並んでいた。蕎麦があることが前提のメニューのような気もする。

ドアが開いた。父親がシャツとステテコ姿で入ってきた。風呂に入っていたようだ。

「おかえり、深瀬くん。陽ちゃんに会えたかい？」

松永陽一のことだ。

「はい。一緒に少年野球をしていたときの話をしてくれました。守っても、打っても、投げてもすごかったって」

「そんなふうに言ってくれたのか」

父親は目頭を押さえると、「母さん、ビール」と照れ隠しのように台所に向かって声を上げた。

「深瀬くんは何かスポーツは？」

「いえ、僕はスポーツはからきしで」

「じゃあ、観戦の方は？」

「それも、あまり……」

深瀬が答えると、父親は、そうか、とテーブルの下を少し覗き、灰皿とタバコの箱を引き寄せた。手持ち無沙汰になったのだ。一体何をしにきたんだ、と我が身を責める。気乗りのしない食事会に呼ばれたのではない。自分から訪れているのに、相手に気を遣わせてばかりで、おまけに、困らせてどうするのだ。しかし、上手く盛り返せそうな話題も浮かんでこない。

「きみらのメンバーで野球をしているのは誰だったかな」

「谷原です！」

それでも、話しかけてくれたのだから、今度は勢いよく答えた。

「広……、由樹くんも谷原のチームで試合に出たりしていたそうです」

他に野球についてどんなことを話していたか。斑丘高原の別荘での会話を思い出したいのに、谷原の名前が出ると、どうしても線路に突き落とされたことの方が先に頭の中を覆い尽くしてしまう。ドアが開いた。

「今日はわたしばかり仲間はずれじゃない」

母親が料理の載った盆を持って入ってきた。ガラスの器に盛られた蕎麦とつけ出汁《だし》をテーブルに並べる。

「珍しいな」

父親が蕎麦の器に目を落として言った。

「宮田《みやた》さん、出雲大社に行ってきたんですって」

深瀬も蕎麦を見た。なるほど、普段食べているものの三倍の太さはある。

「お父さん、深瀬くんがワインを買ってきてくれたのよ」

母さん、お父さん、と呼び合っていることに胸が痛んだ。

「そんな気を遣ってくれなくても」

父親に言われたが、愛想笑いで済ませてはいけないような気がした。

「いいえ、自分では飲めないけど、お酒を飲んで楽しい雰囲気になるのはとても好きなので。その分、僕はごちそうをいただきます」

「まあ、足りるかしら」

母親が嬉しそうに言ってくれた。

「こちらも遠慮なくワインをいただくかな」

父親が言うと、母親はすぐに台所に取りに行った。三つおそろいのグラスを並べ、父親と自分のグラスにワインを注ぎ、深瀬のグラスにはコーラを注いでくれる。じゃあ、と父親がグラスを持ち上げ、母親と深瀬もそれに倣《なら》った。何に対して、という言葉はなかったが、全員の頭の中に広沢がいるはずだ。

「ところで……、さっき、谷原くんの話をしてたわよね」

深瀬が天ぷらに手を伸ばそうとしていると、母親が声をかけてきた。

「はい」

「少し前に、由樹の高校時代の友だちって子から電話があって、手紙を送りたいから、大学のゼミの友だちの連絡先を教えてほしいって言われて、とりあえず谷原くんの住所を教えたんだけど、ちゃんと届いたのかしら。深瀬くん、何か聞いてない？」

気持ちを落ち着かせるために、箸を置いた。

手紙とは告発文のことであり、電話の主こそが犯人ではないのか——。


『広沢由樹は古川《ふるかわ》という高校時代の友人がいる』

広沢の家から坂を下り、駅前のビジネスホテル〈なぎさ〉に戻ると、深瀬は狭い書き物机の上にノートを広げた。大学のゼミ友だちの連絡先を教えてほしい、と広沢の家に電話をかけてきた……、男の声だった、と広沢の母親は言った。

——どんな声でしたか？

深瀬が訊ねると、普通に男の子の声だったけど、と母親は質問の意味がわからないとでも言いたげに、キョトンとした顔で答えた。いっそ、告発文のことを打ち明けてしまおうかとの思いがよぎったが、それでは谷原の住所を教えてしまった母親を責めているように受け取られかねない。そもそも、ボイスチェンジャーを使っていたり、男が女のような、女が男のような、声色を変えている様子が窺えたら、広沢の母親は気軽に連絡先を教えなかったはずだ。

――名前は？

――古川くん。由樹と高校で三年間、同じクラスだったって。

フルネームでは名乗らなかったらしい。

――会ったことはありますか？

――由樹が高校に入ってできた友だちとは、一人も会ったことがないのよ。

広沢の通っていた西《にし》高校は学区内の公立の中では一番の進学校で、自宅から十五キロ離れた隣町にあるため、広沢が学校帰りに友人の家に遊びに行くことはあっても、連れてくることはなかったのだ、と母親は説明してくれた。深瀬は広沢の高校時代の卒業アルバムを見せてもらえないかと頼んだ。

――それがね、私たちも探したんだけど、ないのよ。

いつからないのかも定かではないらしい。高校の卒業式の日に持って帰ったのを見て以来、それが自宅に置いてあったのか、大学進学の際に持って出たのかもわからない、と。広沢が亡くなった後で、アルバムを見たくなり探してみたが、家の中にも、下宿の荷物をまとめたものの中にも見当たらなかったという。

――谷原くんに、何か迷惑がかかるようなことがあったのかしら。

黙りこんだ深瀬を気遣うように母親が訊ねてきた。

——あっ、いえ、すみません。アルバムは、明日、由樹くんの高校時代の同級生、何人かと会えることになったから、どんな雰囲気の学校だったのか、先にちょっと知っておきたいと思っただけなので。その、古川くんって人から谷原に連絡があったかどうかは、僕は知らないので、メールで確認しておきますね。

大きな声で一息に言い切ったせいか、盛大に腹が鳴った。ぐう、の後に、きゅるるる、とマンガのような音が響いたのが可笑《おか》しかったのか、母親はプッと噴き出した。

——話は食べながらでいいじゃないか。

それまで黙っていた父親も愉快そうに言い、各々が箸を取った。

それからは広沢の話題は上がらず、深瀬の仕事の話をしている延長で、プリンターの調子が悪いと相談され、食後に深瀬がチェックすることになった。パソコンを起動させてノズルのクリーニングを行っただけだが、助かったよ、と父親から言われたことを、深瀬は素直に嬉しいと思えた。

——こういうのは、由樹にまかせっぱなしだったから。

胸を締め付けられるような言葉は不意打ちにやってくる。

犯人捜しなどと、何様のつもりでやってきたのだろう。

『広沢由樹は殺された』

書いた上から文字が読めなくなるまで塗りつぶした。すべて打ち明けるべきではないのか。酒の飲めない広沢に半ば押し付けるように酒を飲ませたうえ、運転歴が浅いことを知りながら、夜、悪天候の中、狭く複雑なカーブが続く山道に一人で送り出しました、と。

谷原は命に関わる被害に遭ったが、最初から犯人は殺そうと思っていたわけではないかもしれない。これ以上の被害を防ぐためには、犯人を捜すのではなく、やはり、本当のことを打ち明けるべきではないのか。警察でなくてもいい。広沢の両親に打ち明け、誠心誠意詫び、それを犯人が知れば納得するのではないか。

広沢の両親は真実を知った上で、胸の内に留めておいてくれるのではないか。

面と向かっては言い辛い。手紙を書いてみようか。レターセットはないかと、引き出しを開けたところで、机の端に置いていた携帯電話が鳴った。登録していないアドレスからのメール着信だ。松永が声をかけてくれた同級生で、友人と二人で明日会いに行くと書いてくれている。送り主は古川という苗字ではない。下の名前は書かれていないが、文面からして女性のようだ。

犯人捜しという意味においては、この女性と会っても意味がないような気がした。しかし、広沢のことを十分に知ることができた、とはまだ言えない。ノートは三ページほどしか埋まっていない。そうだ、と深瀬は時間と場所を指定するメッセージの下に、一文追加した。

『よかったら、卒業アルバムを持ってきてください』

翌朝、携帯アラームを切っていなかったため、出勤日と同様に午前六時半に大音量の電子音が鳴り、目が覚めた。

広沢由樹は、で始まる文章を百個書いてシャワーを浴び、ベッドに横になると、それから十分も経たないうちに寝てしまったようだ。テレビが点けっぱなしになっていた。何でテレビや電気を点けたまま寝られるのかな、と美穂子にあきれられたことがある。しかし、あの告発文を突きつけられた夜以降、熟睡できたことはない。坂道を往復したのが効いたのだろう。それに加えて、気持ちが満たされたからではないか。

古川という同級生のことは気になったが、おさななじみからこれまで知らなかった広沢のことを教えてもらい、自分の中の広沢の姿がより立体化してきたことに充足感を得ていたのだと思う。何よりも、広沢の両親と打ち解けられたことにより、一気に緊張がほぐれたのではないか。

目を閉じても眠れる気がせず、そのまま起きて身支度を整えると、散歩に出てみることにした。素泊まりのため、近くのコンビニで朝食を調達して、どこか景色のいいところで食べてみるのもいい。

ホテルの二軒隣にあるコンビニでアイスコーヒーとサンドイッチを買うと、広沢家のある山側ではなく、国道を海の方向に向かって歩き始めた。

『広沢由樹は高校に自転車で通っていた』

携帯電話に西高校までの地図を表示させ、広沢はこの海岸線を自転車で走っていたのだな、と周囲を眺めてみる。

瀬戸内海の海の色には緑っぽいイメージを持っていたが、目の前に広がる穏やかな海は夏空を映したような青い色をしている。今日も海がきれいだな、などと思いながら自転車をこいでいたのだろうか。いや、これが当たり前の景色で、海がきれいだ、潮風が気持ちいいなどは、余所者《よそもの》が口にする台詞に違いない。

路地に逸れて海を見渡せる堤防の上に座り、サンドイッチの包みを開いた。もしも、自分もこの町で生まれていたら、広沢と一緒に登下校していただろうか。放課後や休日に、こうして海を眺めながらパンやおにぎりを頬張り、進路のことについて語り合っただろうか。

深瀬、俺、一年くらい外国を旅してみたいんだ。

そんなふうに夢を打ち明けてくれなかっただろうか。広沢はどこの国に行きたいと思っていたのか。プリンターのチェックをするために広沢家の古いノートパソコンを開いていると、広沢が検索した履歴も残っているのでは、という思いが頭をよぎった。だが、それ以上に、広沢の両親のプライバシーが詰まっているのだと考え直し、必要最小限の場所しかさわらないことを心がけた。

広沢の事故についての検索履歴を見つけてしまったら……。

まてよ、とアイスコーヒーを一口飲んだ。携帯電話は燃えてしまったが、広沢が大学で使っていたノートパソコンは残っているのではないか。そちらのメールフォルダーに親しかった人物のメールは残っていないだろうか。とはいえ、深瀬は広沢の携帯アドレスしか知らなかった。古川が実在する友人だったとしても、そして、谷原が言うように広沢に彼女がいたとしても、やはり連絡は携帯電話で取り合っていたのではないか。

これから会う同級生に、広沢の彼女についても聞いてみなければならない。

深瀬はコーヒーを飲み干すと、海に向かったまま立ち上がり、大きく体を伸ばした。今日もまた、新しい広沢に出会うために。

ホテル慣れしているわけではないが、ビジネスホテル〈なぎさ〉の一階ロビー脇にあるティーラウンジからキョロキョロ眺めていると、ホテルという場所は地元民のものではなく、余所者のテリトリーではないかと思えてきた。大袈裟に言えば、大使館のようなものだ。特にビジネスホテルは結婚式や忘年会など、地元の人たち同士の宴会が開かれることもないだろうから、周辺の人たちにとっては、存在は知っているけれど、なかなか足を踏み入れることがない場所であるとも言える。そんな空気が漂っているように感じるのは、周りから聞こえてくる会話に地元の方言が混ざっていないからだろうか。

それでも、一人でいれば、ここは自分のテリトリーとまでは思えないが、知り合いがあと数人いて、盛り上がる話でもしていれば、ふと、ここが遠い町にある場所だということを忘れてしまうのではないか。

実際、かなり離れた席だというのに、大きな声で関西弁をしゃべっている三人組のおばさんたちのせいで、愛媛県という感覚が徐々に薄れてきている。

「深瀬さん、ですか？」

おばさんたちに気を取られていたせいで、自分の席に女性の二人連れがやってきたことに気付くのが遅れた。

「そうです」

商談相手との待ち合わせのように、つい立ち上がり、姿勢を正してしまう。それを、おもしろい、と言って笑われると、途端に額から汗が噴き出してきたが、相手は同い年なのだと自分に言い聞かせて、どうにか自己紹介をした。

二人連れは上田麻友《うえだまゆ》と吉梅《よしうめ》あおいとそれぞれ名乗った。普段着姿が地元民であることを物語っている。深瀬にメールをくれたのは麻友の方で、ハンドバッグとは別に卒業アルバムが入っていると思われるナイロンバッグを肩から提げているが、まあ座ろうよ、と場を仕切っているのはあおいの方だ。ここはパンケーキがおいしいのだと言われ、空腹ではなかったが、深瀬もプレーンのパンケーキとホットコーヒーを注文した。

「麻友ちゃんは広沢くんと小学校から高校までずっと一緒だったんだから、先に話したら？」

ビジネスホテルは余所者のテリトリー、と一時でも考えてしまったことが情けなくなるほど、地元民の登場により、一瞬にして空気が変わった。それでも、あおいが広沢くんと呼んでいることで、だんだん自分の知っている広沢に近付いているような気がして、点が線になっていく予感に興奮が沸き上がった。

「広沢のことなら何でもいいんで、教えてください」

期待を込めて麻友に向き合ったが、麻友は少し困ったように人差し指でおでこをポリポリと掻いている。

「陽ちゃんに頼まれたから来たけど、高校が一緒だからって陽ちゃん以上に話せることってないんだよね。由樹とはクラスも中三のときに同じになっただけだし」

それでも、由樹、と当たり前のように呼び捨てにしている。

「込み入ったことじゃなくてもいいんです。例えば、広沢由樹くんはこんな人ですっていう文章を五つ作りなさいって言われたら、どんなのを作るのか。そういう感じで」

「それって国語のテストみたいで、もっと難しくない？」

「じゃあ、連想クイズで、答えが広沢由樹になる問題を出すとしたら？」

「まずは、大きい！　背が高い、の方がいいかな」

麻友は勢いよく言ったが、その後が続かないようだ。空《くう》を見つめるように考えている。

「勉強がよくできる。って、これは中三のかなり後半になって知ったことだけど。数学の時間に先生がクイズ感覚で難しい問題出して、これを誰か一人でも解けたら今日は自習にしてやる、ってなったんだけど誰も手を挙げなくて。そうしたら、先生が広沢でも解けないのか？　って聞いたの。それで、えっ、由樹ってそんな言い方されるくらい出来る子だったの、ってびっくりしたのを憶えてる。当てられたら、普通に解き始めたし。最高点とってもアピールしないから、知らなかったんだよね。そういう意味じゃ、おとなしい、とも言えるかな」

広沢らしい、と思った。

「あとは、野球部でボール投げが得意ってことと、……やっぱ、優しい、かな」

クラスのリーダー格の男子が、ある気弱な男子を無視しようとクラス全員に提案したことがあったらしい。

「やりたくなかったけど、逆らったら矛先が自分に向きそうで、男子も女子もみんな嫌々言うこときいてたんだけど、由樹だけ、普通にその子におはようって声かけたの」

何故か、広沢ではなく、無視の対象となった男子に気持ちがシンクロした。どんなに嬉しく心強かっただろうと、自分がかばわれたかのように胸がジンと熱くなる。

「でも、そんなことをしたら、次は広沢がターゲットになったんじゃない？」

「うん。裏切り者ってつかみかかられてた。でも、体が大きいから、相手もひるんじやって、それ以上ちょっかい出さないんだよね。それがわかってるから、かばってあげたのかもしれないけど」

麻友の意見にまったく同意できた。

「体格とか、そういう問題じゃない」

黙って聞いていたあおいが声を張り上げて反論した。

「体が大きいからクラスのリーダー格にも逆らえる、とか、あんたたち本気でそんなこと思ってるの？」

あんたたち、と言いながら、あおいの視線は深瀬のみに注《そそ》がれている。卑怯な自分をごまかすために言い訳しているだけじゃないか、とは続けて欲しくなかった。そんなことは十分に承知している。恐らく、麻友だって。だけど、本心からそう思うこともあるのだ。自分の身長があと五センチ高ければ、もう少し腕力があれば、せめてなで肩でなければ、その分勇気が持てたかもしれない。積極的になれたかもしれない。いや、そんなプラスに転じることではない。

卑屈にならなくて済んだかもしれない、と。

「見た目の影響は大きいよ。皆があおいみたいに、思ったこと口にできるわけじゃないからね」

慣れているのか、麻友はさらりとあおいに言い返した。

「そうやって自分を正当化しながら長い物に巻かれていく人の方が、器用で、生き方上手で、毎日楽しく過ごしていけるんだろうね」

語気を荒らげてはいないが、あおいは容赦なく続ける。背も低く、瘦《や》せていて、特にきれいでもかわいいわけでもない、普通の外見を持つあおいが、昔からこの調子で己の正義感を貫くような主張を繰り返してきたのなら、クラスの中でかなり厳しい立場に立たされたことがあるのではないか。この手のタイプは自分のクラスにもいたな、と深瀬は自分の中学時代を振り返った。

ある日、登校すると、何か空気がおかしいと感じた。無視されている。半日も経たないうちに気が付いた。もともと存在感の薄い深瀬に、朝、おはよう、と声をかけてくるクラスメイトは少ない。教室の戸口で一緒になっても目も合わせずに通り過ぎていかれるのが日常の光景だった。これは無視ではない。無意識のうちの行動だからだ。しかし、その日はあからさまに意識して避けられていた。無視するならいつも通り黙ってやり過ごせばいいものを、深瀬の半径一メートル以内には立ち入ってはいけないというルールでもあるかのように、大きく迂回されたり、走り去られたりすると、どんなに鈍感な者でも気付いてしまう。

誰が首謀者で、何が気に入らなかったのかわからないが、一週間ほど我慢していれば自然と元に戻るだろう。そう自分に言い聞かせて、こんな仕打ちにはまったく動じていないのだというふうに無表情を装っていたのに……。

——こういうの、おかしいと思う！

とある女子が担任の国語の授業中にいきなり机を両掌でバンと叩いて立ち上がり、どうして気付かないのだこのヘボ教師が、と暗に指摘するかのように、深瀬が無視されていることを皆の前で担任に暴露した。授業はそのまま学級会へと移り、深瀬くんを無視した人、という問いかけに告発した彼女以外が全員バラバラと手を挙げた。そして、首謀者は誰かわからないまま、それらの全員が立ち上がり、深瀬に向かって「どうもすみませんでした」と頭を下げる茶番が行われ、深瀬への無視は終わった。

その授業の後、彼女はわざわざ深瀬の席までやってきて言った。

——嫌なことは嫌って、次からは自分で言わなきゃ、忘れた頃にまた同じことされちゃうよ。

無視の首謀者よりも、彼女を思い切り殴ってやりたいと思った。

「深瀬さん、わたしのことヤなヤツだなって思ってるでしょ」

「えっ……」

思わず、浮かしかけた手を慌てて引っ込めた。汗の浮いた顔に触れれば即、肯定の合図となる。おまたせしました、とタイミングを見計らったように声をかけられた。バターの香りが漂うパンケーキが運ばれてきた。深瀬が注文したものにはバターしか載っていないが、二人のものにはソフトクリームのような形に絞られた生クリームと赤いイチゴソースがかかっている。

「とりあえず、食べようよ」

麻友が元気よく促した。あおいの性格はわかっているが、初対面の深瀬にまで同じ態度を取るとは予想していなかったのかもしれない。

「ここのホットケーキって、昔から地元ではわりと人気あるんだよ。パンケーキブームになった途端、メニューもパンケーキって書き換えたのは、なんだかなあって感じだけど。由樹も食べたことあるんじゃないかな」

どうにか話題を変えようとしている麻友に応えるように深瀬も、おいしそうだなあ、と口にしながらパンケーキにナイフを入れた。

「どんなときでも、行動と思いが伴っているわけじゃない。自分の行動がベストじゃないなんてことは、ほとんどの人が自覚してる。だけど、そうすることによって成り立つ世界もある。気付いていないことは指摘すれば改善されることもある。だけど、自覚していることを指摘されても、何も変わらない。むしろ、恥をかかされたって、相手を意固地にさせてしまうだけ」

深瀬と麻友がもごもごと口を動かしている横で、あおいだけがナイフを手に取らず、語り続けている。言ってることと行動が伴っていない、だろ。深瀬はあおいと目を合わせないようにして胸の内で毒突くと、パンケーキに集中した。

「矛盾してるよね。だって今のは、わたしが思ってることじゃなくて……、広沢くんに言われたことだもん」

ナイフを置いて、顔を上げた。

「ようやく、目を合わせてくれた。食べながらでもいいから、広沢くんのこと、ちゃんと聞いてよね」

「ごめん……」

果たして言葉として認識されただろうか、と自分でもよく聞き取れないような声しか出てこないまま、あおいに向き直った。

高校一年生のとき、あおいと広沢は同じクラスだったのだという。二学期に入り、クラス内でイジメが起きた。中学時代にまったく目立たなかった男子生徒が体育祭や文化祭を機に注目を集めるようになり、それをおもしろく思わなかった同じ中学出身の男子生徒がちょっかいを出し始めたのだ。あおいは別の中学出身だったため、初めは遠巻きに眺めていたが、あるとき、許しがたい決定的なことが起きた。

「イジメてた子はずっと、その子のことを下の名前で呼び捨てしてたのに、急に知らない苗字で呼んだの。それで、あ、ゴメンゴメン、中学のときはこっちだったからつい、間違えちゃったよ、って笑ってんの」

親の離婚を皆の前で公表し、からかったということだ。あおいでなくても、不快感が込み上げてくる。声を上げるかどうかは別にして。そもそも、こういった場合、どう言えばいいのか。そういう言い方はやめろよ？

「何て言ったんですか？」

「中学時代が全盛期だったからって、八つ当たりすんな、って」

ド直球を投げたようだ。言ったその場で殴られそうな。

「大丈夫だった？」

「ううん。こっちにこられて、思いっきり目の前の机を蹴飛ばされた」

おそらく、それでもセーブした行為だったはずだ。しかし、あおいはものすごく怖かったのだという。机の角が太ももに当たり、音を立てて椅子が倒れ、机の中に入れていた筆箱や教科書もこぼれ落ちた。

「誰も助けてくれないの。友だちだって思ってた子も。わたしがかばってあげた子すら、遠巻きに眺めてるだけ。次の言葉なんて出てこない。泣きそうになるのを必死でこらえてただけ。そこにね、広沢くんが来てくれた」

やめろ、と言ったのではない。かばうように立ちはだかったのでもない。ただ、倒れた椅子を起こして、散らばった教科書やノートを拾い、机の上に置いたのだという。そうしているあいだに机を蹴った男子生徒は舌打ちして教室を出ていった。その後、あおいがからまれることも、イジメが継続することもなかった。

黙って教科書を拾う広沢の姿が深瀬の頭の中でくっきりと再現された。広い背中はそれだけで威圧感を醸し出していたかもしれない。だけど、広沢がその場に出て行ったことは体の大きさとは関係ないと、今なら思える。善悪を裁きたいという気持ちは広沢の中に微塵もないのだ。ただ、争いごとやイジメを収めたいだけ。自分が受け止めることで解決するのなら、迷わず一歩を踏み出す。そういうヤツなのだ。

だから、あのとき、ビールを飲んだ。

だから、あのとき、村井の迎えを引き受けた。

目頭が熱くなったが、あおいの話はまだ終わっていない。広沢に助けてもらった礼を言い、それを機にメール交換をするようになったそうだ。脳と口が直結しているあおいはメールではもどかしくなることもしばしばあったらしく、そういうときには電話をかけていた。先ほど言っていた広沢の言葉はそのときに聞いたのだという。

もしや、あおいが広沢の彼女ではないか。あおいなら、事故の真相を知れば、告発文を送ってきてもおかしくない。それでこちらに反省の色が見られなければ、次の行動に移すことも、ためらいなくできそうだ。会ったときからケンカ腰なところにも納得できる。

「あおいちゃんって、由樹と付き合ってたの？」

麻友が訊ねた。深瀬の気持ちを見抜いたかのようではあるが、単に、自分が疑問に思っただけだろう。二人であおいに注目する。

ううん、とあおいは今にも泣き出しそうな顔で首を横に振った。

「好きだったけどね。バレンタインとか、告白したかったけど、しなかった」

できなかった、ではない。

「何でも言いたい放題のあおいちゃんが、どうしてそういうとこだけ遠慮しちゃうの？」

麻友のしゃべり方は〈クローバー・コーヒー〉の奥さんに似ているなと思いながら、いいぞ、もっと訊け、などと胸の内で合いの手を入れてしまう。

「だって、言ったら、いいよ、ってなるでしょ」

何様かと思うような発言だが、あおいの顔からは寂しそうな笑みがこぼれるだけだ。黙って次の言葉を待つ。

「わたしね、最初、広沢くんとわたしは同じ色だと思ってたの。正義の味方の赤色ってわけじゃないけど、人を見るとき、この人は何色かなって色に例えるんだ。この人は同系色、この人は反対色、この人は補色、とか美術の時間に習った十二色相環に当てはめて考えてみると、合わない人ともそれなりに上手くやっていけそうな気がするから。ゴメンね、ヘンな例え方して」

「いや……」

深瀬も自分の人生を色で例えてみたことはある。

「中学の頃からずっとそんなことを考えていたのに、わたしと同じ色だって思える人は一人もいなかった。でも、広沢くんは一緒にイジメに立ち向かってくれたし、本や映画の話をするとすごく盛り上がったし、表面はお互い違う色をしているけど、中身は同じじゃないのかなって、マーブルチョコ食べながら思ったの。バレンタインにマーブルチョコあげたら、わたしの言いたいことわかってくれるかな、って頑張ってみようとしたんだけど、広沢くんのことずっと見てるうちに、なんか違うって思い始めて、自分が大きな勘違いをしていたことに気が付いた。……麻友ちゃんは広沢くんを色に例えたら、何だと思う?」

いきなり話を振られて驚いたのか、麻友は、えっ、と声を上げて腕を組み、しばらく考えてから、オレンジと答えた。

「〈サニーズ〉の帽子の色だから。あっ、少年野球のね」

「おさななじみっぽくて、うらやましい。わたしは野球やってる広沢くん、見たことないから。深瀬さんは何色だと思う?」

次に訊かれる予測はついていたのに、麻友と同じように深瀬も腕を組んで考えてしまう。オレンジに引きずられ、その延長で蜂蜜やカレーを思わせる黄色を思い浮かべるが、内面の色というなら、そうではないような気がする。もっと、広く、大きな色。

「青かな。海とか空とかそんな感じの」

「それもわかる。でも、わたしは……、透明だと思った。あくの強い色も、暗い色も、透明な広沢くんは受け入れてくれるから、自分と同じ色だと勘違いしてしまうんだって。他に付き合っている子がいない限り、告白したら、いいよ、って誰にでも言ってくれる人だと思う。そうして相手の色に合わせていく。でも、それなら、わたしみたいな我の強い嫌われ者の色になっちゃダメだと思って、クラスが別になったのをきっかけに、メールも電話もやめたんだ」

あおいと自分の色は違うのかもしれないが、緑にも紫にも青色が使われているように、構成している色の中に同じものがあるのではないか、と深瀬は感じた。

「由樹は何も言ってこなかったの？」

麻友が訊ねた。

「一回だけ、何で？　って訊かれたから、透明な人とは合わないよ、って答えたら、わかってくれた」

「そうかな。そうなのかな。わたしにはよくわかんないよ」

麻友まで泣きそうな顔になってしまったが、深瀬にはあおいの気持ちがわかるような気がした。

「大学のときの広沢くんに……、そういう人って、いたのかな」

あおいはそう言って俯いた。松永に頼まれたという麻友とは違い、あおいがここにやってきたのは、広沢のことを話したいというよりも、これを一番に聞きたかったからではないか、と深瀬は思った。そして、どんな大学生活を送っていたのか。広沢の人生の、自分の知らない部分を補いたい。そんな深瀬と同じ目的を持っていたのではないか。だから、知っていることは正直に話すことにした。

「僕はそういう気配を感じたことはまったくなかったんだけど、土産物売り場で女の子が喜びそうなストラップを買っていたから彼女がいたんじゃないかっていう友だちもいて。だから、逆に僕が二人に同じ質問をしたかったくらいで」

すみません、という言葉は飲み込んだ。あなたの聞きたい話ができず、すみません。

「いいの、ありがとう。彼女、いてくれた方が嬉しいから。でも、その子がちゃんと、広沢くんの方から告白した相手だといいな、とは思う」

あおいはそう言うと、溶けた生クリームが沁《し》み込んだパンケーキにナイフを入れた。四等分にして、口より大きな一片を飲み込むように押し込んでいる。話したいことはこれ以上ない、という合図に思えた。

「そうだ、忘れないうちにこれ」

麻友が足元のカゴに入れていたナイロンバッグを深瀬に差し出した。ずっしりとした重みが手にかかる。中を覗くと、小、中、高、と卒業アルバムが三冊入っていた。すっかり、高校のものだけだと思っていたのでありがたい。おまけに小学校の卒業文集まで入っている。

「ありがとう。助かるよ」

広沢の両親に見せてあげようか、とも思った。

「由樹のお父さんに頼まれて、追悼文集みたいなのを作ってくれるんでしょ？」

松永とどんな話をしたのか、父親からの依頼という大袈裟なことになっている。だから、麻友は勉強のことやイジメのエピソードなどを詳しく話してくれたのか。

「ちゃんとしたものが作れるかは自信がないんだけど」

「またまた、謙遜しちゃって。かしこい大学出てるのに。それに、そんなのを頼まれるってことは、お葬式に来てた人たちの中で、深瀬さんが一番由樹と仲良かったってことでしょ？」

「まあ……、そうかな」

今となってはあまり自信がない。

「じゃあ、一個質問。由樹は友だちを車で迎えに行って事故を起こしたんだよね。一緒に旅行に行った子たちは、タクシーで行けばよかったとか、引き留めればよかったとか、すごく後悔していたし、由樹の親にも謝ったって聞いたんだけど、合ってる？」

深瀬は無言のまま頷いた。麻友は笑顔で世間話でもするような言い方をしているが、深瀬は脇に冷たい汗が流れるのを感じた。

「その、迎えに行くとかどうこうの話し合いって、最初から由樹に行かせることが前提になってたんじゃない？」

「……何で？」

「わたしの意見っていうよりは、この辺りのおばさんたちの噂話、的な？　由樹くんは人がいいから断れなかったんだろうね、って。なんていうのかなあ、地元の知り合いはみんな、あなたたちのせいで由樹が死んだって思ってるのに、どうしておじさんは追悼文集なんてお願いしたんだろう、ってちょっと疑問」

「そんな！　俺、いや僕たちは……、あの夜のことを心から悔いているし、広沢の死を悲しんでいる。少なくとも、僕は、僕にとっては人生で初めてできた親友だったんだ」

膝の上に置いた拳を思い切り握る。体中に力を入れているはずなのに、目からはゆるゆると涙がこぼれ落ちた。

「ゴメン、失礼なこと言っちゃって。じゃあ、いい文集作ってよ。アルバムはいつでも、最終、陽ちゃんの家に送ってくれたらいいから」

行こう、と麻友はあおいを促した。深瀬が泣いたことを申し訳ないと思うよりは、ということは、麻友を窘《たしな》めなかった。あおいは何も言わなかった。ただ困っている様子だ。町の噂をあおいも信じているのだろう。

わざわざ来てくれてありがとう、時間を作ってくれてありがとう、言わなければならないことはわかっていたが、深瀬は小さく頭を下げることしかできなかった。気が付けば、伝票まで持っていかれ、一人ずつ、と自分が注文したものの代金を払っている。

僕が払うから、と今からレジまで行っても断られそうだ。大切なおさななじみや同級生を奪ったヤツに奢《おご》られたくもないはずだ。

広沢の両親にやさしくしてもらえたことで、許されていると勘違いしていなかったか。葬儀の際に親族席のすぐ隣に座らせてもらい、その席順と同様に、自分たちこそが広沢と一番仲のよかった友だちだと思い込んでいなかったか。

お茶を飲みながら楽しく思い出話を聞かせてもらえる、なんて本気で思っていたのか。本当は、誰も自分たちのことなど許してくれていなかったのだ。酒を飲んだことを知っている、知らない、など関係ない。それがなくても、自分たちが広沢を死に追いやったと思われているのだ。

告発文の犯人など、見つけて何になる……。

もうこのまま帰ってしまおうか。そんな思いに駆られたが、次の待ち合わせまで、あと十分もないことに気付くと、体が先に動いてしまった。一緒に昼食を食べながら話そうと、場所を指定されていたのだ。駅前商店街の中にある中華料理店だった。昼時のため、店内は込み合っていたが、店員に「岡本《おかもと》」と名を告げると、二階の座敷に案内してくれた。個室ではないが、他に客はいない。一番奥のテーブルに男が一人座っていた。深瀬の姿を見ると、さわやかな笑みを浮かべて片手を挙げた。

麻友が声をかけてくれたというバレー部のキャプテン、岡本翔真《しょうま》だ。色白でアイドルのような甘く整った顔をしている。さぞかしモテるに違いない、と深瀬はソワソワと落ち着かない気分で、岡本の正面に座った。

同じ歳とはいえ、傍から見れば、友だち同士とは思われないはずだ。女の子を紹介してやるから英会話の教材を買えといったたぐいの詐欺に引っかかっているように勘違いされる可能性の方が高い。

整った顔をちらちらと窺いながらそんなことを考えてしまったが、ふと、視線を合わせると、岡本の方が観察するようにじっと深瀬を眺めていることに気が付いた。涙の筋でも残っているだろうか、と両手で頬をこする。

「葬式のときにいたっけ?」

「いたけど……、なんで?」

深瀬が訊ねると、岡本はまいったなというふうに頭を掻いた。

「失礼なこと言っちゃっていい?」

予告だけで、息が詰まるような不安が込み上げてきたが、どんな話でもちゃんと聞いておいた方がいい。

「遠慮なく」

答えたところで店員がやってきた。岡本はメニューを広げずに、タンメンが旨いんだ、と自分のを注文したため、深瀬も同じものを頼んだ。

「足、崩したら?」

岡本に言われ、正座を崩してあぐらをかいた。

「葬式のときに、あそこにいるのが広沢の大学の友だちだって周りのヤツに教えてもらって、俺、よかったな、って思ったんだ」

深瀬は顔を上げてしっかりと岡本の目を見返した。よかった、と言ってくれた?

「頭いい大学だから、マジメくさったヤツらを想像してたら、なんか、シュッとしてるっつうか、そこそこカッコいいし、明るそうだし、女の子にモテそうだし。やっとそういうヤツらとツルめるようになったんだなって」

何を言われているのかさっぱり理解できなかった。

「高校のときって、だいたいクラブのヤツらと一緒にいるじゃん。修学旅行とか、文化祭とか。だから、当然、広沢は俺たちのグループに入ると思ってたら、あいついつも、もう約束してるヤツがいるからって、俺たちの誘いを断るんだ。その相手が、地味で、他に友だちいなそうなヤツでさ。広沢も人がいいから、捨て犬みたいな目で寄ってこられると、突き放せないんだよな。でも、当の本人は広沢と親友気取りでいんの。何にもできないくせに。地味なら地味なモン同士でいればいいのに、自分はそういうヤツとは違う、なんて勘違《えぐ》いしていてさ」

岡本のひと言ひと言が胸を抉った。自分のことを言われているのではないのに。

「アレだ！　ブサイクな女が高級ブランドのバッグを持ってる感じ。そいつは、広沢のことを好きなわけじゃないんだ。自分は地味グループに所属しているんじゃないってアピールするために、何でもできるヤツと一緒にいたい。で、唯一、相手にしてくれたのが広沢だってだけ」

だから、谷原や村井や浅見を見て、岡本はよかったと思ったのだ。広沢に見合った友人がいたことに。

「でも、その地味なヤツは本当に広沢のことが好きだったかもしれない」

自分と重ね合わせていることがバレてしまってもいい。むしろ、岡本の方が先にその友人と深瀬の印象が重なったため、こんな話をしているのだろう。

「どうかな。じゃあ、解放してやれよ、って思わない？　せっかく上のグループに入れるのに、自分が邪魔してるってわかったら身を引くのが、友情じゃん」

広沢もそう思っていたのだろうか。深瀬と一緒にいるよりも、谷原たちと一緒にいたいと思っていたのだろうか。……そうかもしれない。だから、谷原の野球チームに参加していたことや、村井とカレーを食べに行っていたことを教えてくれなかったのだ。

「あの、その友だちにも会ってみたいんだけど、名前を聞いてもいいかな」

「いいけど、俺がこんなこと言ってたのは内緒ね。……古川、古川大志《たいし》」

岡本がテーブルの上を指でなぞって漢字を示した。古川。途中から、そうではないかという予感はしていた。

「あっ、でもあいつ、こっちにいないけど。大学まで広沢追いかけていくんだもんな」

同じ大学は落ちたため、都内の別の私立大に進学し、卒業後も地元には帰ってきていないらしい。深瀬たちの大学は都内ではなかったが、岡本にとっては関東圏は一括りなのだろう。古川は広沢の葬儀にも来ていなかったという。

「連絡先とかわかるかな」

「俺は知らない。知ってるヤツいるかな。……まあ、俺、古川と中学一緒だったし、誰かに聞いてみるよ」

岡本は早速携帯電話でメールを打ち始めた。深瀬はその手元を眺めながら考えた。この際、訊いてみようか。いや、訊かなくてもわかる。古川大志は自分とよく似ているに違いない。あおい風に表現すれば、同じ色をしている、と。

深瀬の携帯電話が鳴ったのは、松山空港についてからだった。ミカンの蜂蜜の大瓶が二つ入った紙袋を足元に置いて電話を取り出すと、岡本から古川の携帯番号を記したメールが届いていた。

古川にはすぐにでも会いたいと思っていたが、今はそれどころではない。先に会わなければならない人を……、卒業アルバムの中に見つけてしまったからだ。

第五章

飛行機での移動が、深瀬に若干の冷静さを取り戻させてくれた。もしも、広沢の高校時代の卒業アルバムを自宅アパートに戻って広げていたら、深夜であったとしても、電話を手にしていただろう。新幹線で移動していた場合も、然《しか》り。電話を片手にデッキに向かい、轟音《ごうおん》やトンネルで電波が途切れるのに舌打ちしながらも、とんでもないことがわかったと報告するはずだ。

とんでもない……？　機内で逸《はや》る気持ちを落ち着かせるように、卒業アルバムの中に見つけた人物とこの度の事件の流れをシミュレーションしようとしたところで、ふっと、窓に映る自分の顔と目が合った。広沢と高校時代の同級生だった。それだけで、告発文を送った犯人だと決め付けてしまうのか？　と硬質なガラスに映った自分は生身の自分より幾分冷静な様子で問いかけているように感じた。

谷原を線路に突き落としたのも？　あの体格差でそれは可能なのか？　そもそも、

一人でやったことなのか？　あいつが共犯者である可能性もあるということか？

そこまで考えて、卒業アルバムの別の写真が頭に浮かんだ。古川大志。高校時代に広沢と親しくなり、大学まで追いかけ、そして、広沢の死後、大学のゼミ仲間の連絡先を教えてほしいと広沢の実家に電話してきたという、そいつを見逃していいはずがない。

あせって結論だけに飛びつこうとしてはダメだ。広沢の人生を手繰り寄せるように、両親からおさななじみと順に会っていったんじゃないか。古川に会えば、きっと、次に繋がる人物が出てくるはずだ。それが誰であるのか見当がついたとしても、古川を飛ばしてはいけない。

何故、古川に会うべきだと、ここまで自分に言い聞かせているのだろう。深瀬はガラス窓から目を背け、もう一度、自分の顔を映すように窓に向き直った。

答えはとうにわかっている。

携帯番号を教えてくれた岡本か、誰か別の同級生から連絡がいっていたようで、自宅アパートに戻った深瀬が古川に電話をかけると、登録されていない番号からの着信であるはずなのに、古川は警戒する様子なく名乗り、用件は？　と訊ねてきた。電話を待っていたようにも感じ取ることができた。

そのうえ、深瀬について調べていたのを仄めかすようなことまで、古川は口にした。一度会って話したいという深瀬の申し出に、古川は自分もそうしたいと思っていたと二つ返事で了承した。待ち合わせ場所を決めなければならないが、深瀬は古川がどこに住んでいるのかわからない。しかし、それは古川の方も同じだと思っていた。しかし……。

——そっちの会社まで行ってもいいけど。ニシダ事務機だっけ？

何で、と喉元まで出かかった言葉を飲み込んだ。動揺していることを悟られたくない。それよりも、と平静さを装いながら、以前、コーヒー豆を買った店を指定した。きみが蜂蜜トーストを食べていたところだね、などとは続かなかったため、古川に対する薄気味悪さは半減した。

待ち合わせの場所には古川の方が先に来ていた。卒業アルバムの写真の顔とあまり変わらない小柄な男が女性客で賑わう喫茶コーナーの一番奥の席で、居心地悪そうに座っている。深瀬は確認するように近付いていったが、もしかすると、自分は写真を見ていなくても古川が彼だとわかったのではないかという思いが、ふと胸の内をかすめた。

どれくらいの情報を握られているのかわからない相手に飲み込まれないよう、強気でいこうと決めていたのに、額に浮かぶ汗をぬぐいながら出たのは、喧噪にかき消されそうな小さな声だ。

「いや、そんな」

半分だけ腰を浮かせた古川は頭を掻きながらぺこりと頭を下げた。そうして互いに顔を見合わせ、愛想笑いをしたのか口角を上げただけなのかわからないような表情を浮かべて、向かい合って腰を下ろした。待ち合わせだと伝えていたのか、二人が座ると同時にウエイトレスが注文を訊きにやってきた。メニューを開くことなく、ホットコーヒーを注文すると、古川も同じものを頼んだ。

冷水を飲み、深瀬は改めて古川をちらりと見た。一瞬だけ視線が合ったが、先に目を逸らしたのが自分なのか相手なのか判断がつかない。おそらく、互いがちらりちらりと窺うように相手を見ているのだろう。これではダメだ、と深瀬は小さく深呼吸をして背筋を伸ばし、まっすぐ古川を見つめた。そうやって合った視線を、今度は古川も外そうとしない。だが、張り詰めた空気の中で、なんと切り出すべきかと迷ってしまう。電話をかけたのは深瀬の方だ。

「あ、あの、お待たせ」

「そういや、ここはトーストも旨いんだった。珍しい蜂蜜をかけて出してくれるんだけど」

深瀬はマガジンラックの横に置かれた小さな黒板に目を遣った。「奈良県吉野のさくらの蜂蜜」と書いてある。男相手に何がトーストだ、という気恥ずかしさは失せ、純粋に食べてみたいと思えてくる。

「さくらの蜂蜜なんてあるんだ。旨そうだな」

古川がぼそりと言った。コーヒーが運ばれて来たタイミングで、深瀬は二人分のトーストを注文した。

ミカンの蜂蜜よりも薄い黄色の蜂蜜を深瀬はたっぷりとトーストにかけた。古川はまず味見をするつもりなのか、白い皿の端に少しだけ垂らせた。

「ここは、広沢とよく来てたところ？」

皿に目を落としたまま古川が言った。古川の方から広沢の名前を出され、先制攻撃を受けたように怯《ひる》んでしまう。

「いや、この間たまたま来たところだけど……。なんで？」

「あいつ、蜂蜜好きだったじゃん。アパートにもでっかい瓶があったし。持って帰れって持たされたのが、未だにうちの冷蔵庫に入ってるよ」

古川はコーヒーのスプーンの先で蜂蜜にうずまきを描くようにしながら、淡々と話した。古川に、広沢とどのくらい親しかったのか訊こうと思っていた。大学生になっても付き合いがあったのか。深瀬が広沢と友人だった時期にも、広沢と古川には交流があったのか。もう訊ねる必要はない。

「軽くショック受けてない？　自分だけが広沢の親友だと思っていたのにって」

からかうような口調ではないが、古川の言葉に頰がカッと熱くなる。

「そんなこと……」

言われる筋合いはない、と続けることができなかった。おまえの胸の内などすべて見透かしているのだ、と相手に思わせてはならない。何を言ってるのか訳がわからない、というふうにわざと首をかしげてみる。下手な演技だとバレても構わない。いっぱいいっぱいなのは古川も同じはずだ。しかし、古川は深瀬の小芝居などどうでもいいように話を続けた。

「広沢と同じ大学なら、敢《あ》えて訊く必要ないのかもしれないけど、深瀬……くんは中高、特に中学じゃクラスの中でもかなり成績良かったんじゃない？」

深瀬は肯定も否定もしなかった。ただ、古川から目を逸らさない、その一点に気持ちを集中させた。

「周りの連中はバカばかり。なのに、どういうわけか、クラス内の自分の立ち位置は低いところにある。ともすれば、ほぼ全員から見下され気味だったりもする。女子にはオタクと同じ地味グループに勝手に分類されている。やめてくれ、俺をあんなヤツらと一緒にするな、なんて鬱々とした日々を過ごしていた」

そう言って古川は自嘲気味に笑った。

「俺がこんな学校生活を送らなければならないのは、田舎に住んでいるせいだ。狭い世界で序列を作りたがる連中は、まずは自分よりデキるヤツを貶める。もううんざりだ。俺にはもっと俺に合った世界があるはずだ。そこには俺のことを理解してくれる、俺に見合った友だちがいる」

古川はまるで深瀬の人生を見てきたかのように澱《よど》みなく話す。耳を塞いでしまいたい。だが、そうではないのだと自分に言い聞かせる。会った瞬間、いや、会う前から感じ取っていたではないか。自分と古川はとてもよく似ているのではないか、と。もちろん顔は違うが、見た目がパッとしない、というカテゴリーにはどちらも分類される。しかし、外見などどうでもいい。性格だって知らない。共通しているのは、屈折の仕方だ。古川は深瀬のことを話しているようで、実は、自分自身のことを話しているのだ。

それでも、と心は反発する。おまえと一緒にしないでくれ、と。

「広沢と会ったとき、思わなかった？　やっと会えたって」

研究室で自己紹介し合った日のことを思い出した。村井、谷原、浅見、全身から自信が漲《みなぎ》っているような三人に引け目を感じ、広沢の存在にホッとした。しかし、もしあの場にいたのが広沢ではなく古川だったら、自分と同じような空気を発しているにもかかわらず、げんなりとしたに違いない。自分はこいつとひとまとめにされるのだな、と。

見た目も悪くなく、背も高く、性格も明るい。だけど、周囲の人間に威圧感を与えない。広沢はそんな空気をまとっていた。

敗北宣言だとわかっているのに、小さく頷いてしまった。

「広沢といると、順位をつけようと必死になっているヤツらが、本当につまらなく思えてきた。余裕のないヤツらだなって、かわいそうにもなってきた。小さい人間だなって。広沢は誰の悪口も言わないし、不満や愚痴も言わない。目の前にあるものを何でも受け入れていた。自然体っていうのかな」

悔しいが頷いてしまう。

「だから、人間の本質が見極められるんだろう。表面ではカッコつけた態度を取ってるのに陰では他人を蹴落とそうと必死にもがいているヤツらではなく、自分と同様、本質を見極めることができる人間、つまり、俺と友人になりたいと思ったのだろう」

そこまで考えたことはなかったが、自分と広沢は同類だと思っていたことは確かだ。深瀬はこれにも小さく頷いた。古川は満足そうに口の端で笑うと、冷めたトーストに蜂蜜をたっぷりとかけて頰張った。

深瀬もぬるくなったコーヒーを口に含んだ。淹れ方が違うのだろうか。前回は気付かなかったが、スペシャルティコーヒーと呼ばれるコーヒーを扱っているというのに、〈クローバー・コーヒー〉で感じたことのないエグみが舌の上にわずかに残った。

「……ん」

コーヒーに気を取られていたせいで、古川がぼそりとつぶやいたことを聞き逃してしまう。えっ？　と訊きかえした。

「そんなわけないじゃん、って言ったんだよ」

古川は手にしていたトーストを置き、わざとらしく大きなため息をついた。

「おまえと俺ってよく似てる。仲良くなれそうだよ。……って言われると、ちょっと、腹立たない？」

腹は立たないが嬉しくはない。そう答えようかと思ったが、反応しないことが肯定を意味すると受け取られた。だよな、と古川は先に口を開く。

「俺と広沢は同類。そう信じてるのは自分だけだってことだ」

自分、が深瀬のことを指しているのか、古川本人のことを指しているのかはわからなかった。

「同じ大学には入れなかったけど、広沢とはほぼ毎日のように会ってた。同じアパートに住んでいたんだ。別に、ストーカーみたいに広沢の後を追いかけたわけじゃない」

古川と広沢は互いの大学が決まった後、二人で田舎から出てきてアパートを探したのだという。家賃の安いことを第一条件に挙げると、不動産屋からルームシェアを勧められた、とも。

「広沢はそれでもいいって言ったけど、俺がやめておこうって断ったんだ。彼女ができたら困るだろう、って」

その後、親から提示されていた予算内のアパートが見つかり、古川の方がやや通学に時間がかかることになるが、定期代を加味しても他になく条件のよいところだったため、二人とも同じアパートに決めた。そのままとんぼ返りで愛媛まで戻る飛行機の中で、古川は広沢に好きな女子のタイプを訊ねた。

「俺はとにかく田舎から出ることばかり考えてたし、地味グループのレッテル貼られてる自分のことをちゃんと見てくれる女子なんてあの学校にはいないと思ってたから、広沢とそういう話をしたことはなかったんだ」

しかし、広沢はあっけなく一人の同級生の女子の名前を出した。文化祭のミスコンテストで二位に選ばれたことのある、可愛い子だった。広沢とは二年生の時に同じクラスだったらしい。

「そりゃ、おまえ、高望みのしすぎだろ。がんばって告《こく》っても、鼻で笑われるだけじゃないか。そう言ったら、だよな、って広沢も笑ってた」

そのときの広沢の表情を、深瀬も思い浮かべることができた。就活がうまくいかず愚痴を言っていたときのことだ。結局は要領のいいヤツが受かるんだよ、と吐き捨てるように言った深瀬に、だよな、と広沢は穏やかに笑った。きっと、あのときと同じ顔だ。結局、田舎を離れるまでのあいだに、広沢がその高嶺《たかね》の花の彼女に思いを伝えることはなかったらしい。

「でも、都会に出てきたと思っても、偶然ってあるんだよな」

大学三年生になったばかりの春、古川が偶然立ち寄ったパン屋に彼女がいたのだという。先に気付いたのはレジに立っていた彼女の方で、古川くん？と声をかけ、先月からこの店でアルバイトをしているのだと、訊きもしないのに教えてくれた。

「東京の女子大に受かった、ってことは卒業式のときに誰かが言ってたから知っていたけど、ばったり再会なんて、テレビドラマの中でしか起こらないことだと思ってたのに」

その偶然でドラマのような展開が起きたのは、古川にではなかった。古川は彼女に再会したその晩、興奮冷めやらぬ内に広沢に昼間のことを伝えた。古川も嬉しかったのだ。たとえ、再会したとしても、地味な自分など気付かれない可能性の方が高い。気付かれていたとしても、無視されて当然の立場なのに、別れ際には「また来てね」とまで言ってくれたのだ。

ただの可愛い子という漠然とした記憶が、性格もいい子と上書きされ、そういえば人気はあったけど誰かと付き合っているとは聞いたことがなかったな、と思い出し、彼女もまた、人間の本質を見抜くことができる子で、田舎の学校のくだらない序列にうんざりしていたのかもしれない、などとも考えた。きっかけさえあれば、仲良くなれていたかもしれない、と。しかし、こんなことまでは広沢に伝えなかった。

高校時代に広沢が憧れていた女子と偶然会った。そう自慢しただけだ。

――そんなことってあるんだな。

広沢もいつもの穏やかな口調で答えただけだった。が、パン屋の場所と名前は聞き直したという。

「ひと月後だったかな、広沢に、今日、一緒に晩飯を食わないかって誘われたんだ。晩飯なんてほぼ毎日一緒に食ってたから、どうせまた田舎の親から大量に惣菜が届いたんだろうな、くらいにしか思っていなかった。そうしたら、彼女がいたんだ」

広沢の部屋にはエプロンをつけた彼女がいて、カレーを作っていた。広沢は古川から話を聞いた翌日、彼女のアルバイト先であるパン屋を訪れ、携帯番号とメールアドレスを書いた紙を渡したらしい。

「なんかさ、高校のときからずっと付き合ってたんじゃないの？　って思うくらい、いい感じの雰囲気でさ。でも、そのときは、俺のおかげじゃん、っていいことした気分になって、心底二人を祝福することができた」

広沢にはやはり彼女がいた。相手は高校時代の同級生。深瀬は足元に置いていたカバンの縁を握りしめた。この中に卒業アルバムが入っている。古川は敢えて彼女の名前を出さずに話しているのだろうが、自分は彼女の顔も名前も知っているのかもしれない。どんな声かも。好きな相手の話をするときに、頬を赤らめる様子も。しかし、それをまだ古川に伝えようとは思わない。それで？　と古川に続きを促した。

広沢と彼女は二人で出かければいいものを、しょっちゅう古川も誘っていたらしい。映画やナイター観戦、水族館にもついていった。取り持ってやったのは自分だと自負していたし、何よりも、二人とも、古川が一緒に来ることを望んでいると思っていたからだ。

仲の良い、三人組だと信じていた。

「でも、あるとき……」

広沢と彼女が付き合い始めて半年後、三人で映画に行ったのだという。連休の中日だったこともあり、チケット売り場の前には長蛇の列ができていた。それでも、三人で好きな役者の話などをしていたので、まったく苦にはならなかった。普段、飲み物などはチケット購入後に買っていたが、売店の前にも同じような列ができていたため、広沢がそちらに並んでおくと言い出した。当然、彼女もそちらに付いていくものだと思っていたが、欲しい飲み物を広沢に伝えて、古川と一緒にチケットの列に残った。

もしや彼女は俺のことを、と色めき立ったりはしない。広沢は飲み物の列に並ぶことを彼女に伝え、彼女は役割を広沢と分担していると捉えただけだ。広沢が抜けた後も彼女は、最近、おもしろい本を読んだ？　などと古川に普通に話しかけてきた。古川もいつも通りに返していたが、ふと、穏やかでない視線が自分に向けられていることを感じた。

じっと見つめられるのではない。複数の視線がちらりちらりと盗み見るように投げかけられているのだ。そちらに目を遣っても、誰とも目は合わない。ただ、同じ場所から、まさかぁ、などと声を潜めた嘲笑が聞こえてくる。胸の内がザワザワとするような感覚に捉われたのはいつ以来だろう、と呼吸を整えながら考えた。

カップルじゃないでしょ。はっきりと聞き取ることができ、笑われている理由がわかった。彼女と自分、明らかに不釣り合いな二人連れに違和感を抱いた人たちが、いったいどういう関係なのかとおもしろおかしく推察しているのだ。まいったね、というふうに無理やり笑みを浮かべて彼女を見ると、何が？　というふうにキョトンとした顔で古川を見返すだけだった。

――コーラより、ウーロン茶の方がいいかな。やっぱり、他に何があるか見てから決めたいし、広沢と代わってくるよ。

古川はそう言って、彼女の返事も待たずに列を抜け、広沢のところに向かった。

ウエイトレスがカラになった二人のグラスに冷水を注ぎ足してくれた。古川はそれを一気に飲み干したが、話を聞いているだけの深瀬の喉もカラカラになっていた。頭の中ではとっくに古川の姿が自分に置き換えられていた。

「一人になってふと思いついた。広沢がいつもデートに俺を誘うのは、彼女と二人きりじゃ自分に引け目を感じるからだったんだな、って。三人いりゃ、ただのサークルの仲間とか、周りは勝手に解釈するだろうし、そもそも違和感も抱かないだろうしな」

なるほど、というように深瀬は頷いた。古川がまた大きなため息をついた。

「そうじゃないだろ、って否定してくれよ。ちょっとは期待してたから、こんな恥晒すようなこと、初対面のおまえに話しているのに」

古川は怒っているのではない。情けなさそうな顔をして深瀬を見ている。しかし、深瀬には何が古川の意に沿えなかったのか理解できない。

「いろんなヤツから、広沢のこと聞いたんだろ。バレー部のキャプテンの岡本にも会ったんだろ。っつか、俺、最初に言ったよな」

ああ、と深瀬は古川の言いたいことにようやく気付き、テーブルに視線を泳がせるように目を伏せた。だが、わかったよ、という合図だとは受け取られなかった。古川が息を吸う音が聞こえた。耳を塞げと脳が指示を出したが、体は反応しない。

「広沢と彼女が二人でいる姿には、どこも違和感なんてなかったんだ。誰も笑わないし、あの二人はどういう関係なんだろうとこそこそ話したりもしない。同じじゃなかったんだよ。人のいい広沢が俺と同じ目線に立ってくれていただけ。広沢と一緒に高いところにいるつもりでいたけど、本当は、本来高いところにいるはずのヤツを、人の良さにつけ込んで、低いところに引きずり下ろしていただけなんだ。そんなことを、周りのヤツらは最初から気付いていたのに、俺だけが、勘違いしていたんだよ」

古川の声が震えている。が、彼が泣いているのかどうかは、深瀬にはわからない。視界はぼやけ、テーブルの上に落ちている水滴を、グラスの痕をぬぐうように指でこすった。

「だから、広沢を解放してやったんだ。同情されないように、酷いこと言って……。それが最後の言葉になるなんて思ってもいなかった」

「何て……」

「おまえみたいな偽善者と付き合うのは、もうまっぴらだ」

ガシャン、と何かが壊れる音がした。広沢の心が壊れる音かと思ったが、空いた席の食器を片づけていたウエイトレスがグラスを床に落としただけだった。地味な男二人が涙を流しながら深刻そうな話をしているのを、おもしろがって見ている人たちの視線を逸らすためにわざとグラスを落としてくれたのかもしれない、などとバカげたことを考えてみた。

この気持ちの悪い光景に気を取られて、グラスを落としてしまったはずなのに。だが、周囲の視線などどうでもよかった。

「俺たちの連絡先を広沢の親に訊いたのは、何で？」

「知りたかったんだよ。広沢の最後の一年を」

こんなところまで同じだったのか、と目をぐっとこすり、目の前の古川を改めて正面から見つめ直した。自尊心という鎧《よろい》を脱いだ古川にもう嫌悪感を抱かないのは、自分自身も鎧を脱いだからに違いない。いや、脱いだのではなく、打ち砕かれたのか。

普通の話をしたいと思った。どんな映画が好きなのか。本は？　コーヒーは？　おそらく、話はとても盛り上がるはずだ。もしかすると、広沢に落語のおもしろさを教えたのは古川ではないだろうか。

しかし、その前に確認しなければならないことがあった。

「俺みたいな友だちがいてがっかりした？　せっかく自分が身を引いたのに、また同じようなヤツに付きまとわれて、って腹が立った？」

今度は古川が無言のまま頷いた。

「それで、あの手紙を送ったの？」

「手紙？」

古川が訝しげに眉を顰めた。演技をしている様子ではない。ここまできてしらばっくれる必要もないはずだ。本当に知らないのなら……。

やはり、告発文を送ったのは彼女の方か。

「あ、いや、いいんだ。広沢のことで俺たちに用がある人が、他にもいたみたいだけど、名前が書いていなくて……。広沢の彼女、木田瑞希さんかな」

「はっ？」

何を言っているのだ、という顔で古川は深瀬を見返した。


子どもの頃、夏休みは先生も休んでいると思い込んでいたが、そういうわけでもないのだな、と職員用の駐車場に並んだ車を眺めながら、深瀬は工具箱を片手に楢崎高校の正面玄関に向かった。

古川に会った翌朝、深瀬は職場から楢崎高校の木田宛に電話をかけた。木田先生にお聞きしたいことがある、と声を潜めながら伝えると、午後の都合のいい時間に学校に来てほしいと言われた。印刷機の調子が悪い、と事務室に伝えておくと、木田も声を潜めて返してきた。

浅見先生は今日は出張のため不在です、とも誰に伝えているのかわからないような口調で付け加えた。

事務室の窓越しに形ばかりの挨拶をして印刷室に入ったが、木田の姿はなかった。会社を出る前に連絡を入れておいたのに。他の教師の姿もない。職員室はすぐ隣だが、部屋の片隅に置いてあるパイプ椅子を引き寄せて座り、木田がやってくるのを待つことにした。

松山空港に到着した後、広沢の同級生、上田麻友から借りた卒業アルバムを広げた。古川大志の姿を確認するためだ。岡本から広沢や古川のクラスまでは聞いていなかったため、一組から順にめくっていった。一組は理系の生徒が集まっているのか、八割が男子生徒だった。広沢の写真も、古川の名前も見当たらなかった。二組は男女半々だった。この中に広沢がいるかもしれない、と端から順に見ていくと、真ん中辺り、見憶えのある顔に目が留まった。

名前を見ると、「木田瑞希」と書いてある。下の名前はうろ憶えだったが、名字だけで十分だ。浅見の同僚の国語教師ではないか。同じページに広沢の写真も載っていた。広沢の同級生が浅見と同じ職場にいる。彼女が楢崎高校に赴任したのは今年の春だ。もしも、木田が浅見を通じて広沢の事故の真相を突き止めたとしたら、三年たって告発文が届いたことにも説明がつく。

　では、木田と広沢はどういう関係だったのか。それを確認する前に、古川に会ったところ、古川の方から、広沢が大学生になって高校時代の同級生と付き合い出したという話を始めた。そこで、古川の言う彼女とは木田ではないかと考えた。ミスコンテストで二位になるほどではないような気はするが、可愛らしい顔をしている。

　ただ、広沢と一緒にいる姿を想像しても、どこかしっくりこないところがあった。だがそれは、木田が深瀬の前で演技をしていたからかもしれない、と考えた。広沢の事故のことを探っているのを気付かれないようにしながら、深瀬からも事故の話を聞き出せないかと、能天気なキャラクターを装っていた、とも。

　しかし、わずかにでもしっくりこないと感じたのなら、無理矢理当てはめてはならなかった。強引にピースを埋め込んだパズルが完成しなくなるのと同じだ。

　古川大志は広沢の彼女が木田だという指摘をあっさりと否定した。どうしてその名前が出てくるのだ、とあきれたような顔で深瀬に訊ねてきた。古川は浅見の名前と高校教師をしていることは知っていたが、深瀬ほどには詳しく調べていなかったらしい。そのため、木田が浅見と同じ職場にいることを知らなかった。そもそも、木田の高校卒業後の進路すら知らなかった。一学年七クラスもあったのだから、と古川は弁解したが、五クラスでも三クラスでも同じ結果であることは、深瀬が身を以《もっ》て経験していることだった。

しかし、広沢の彼女と木田とは交流があったかもしれない、と古川は言った。高校時代はそれほど仲良くなくても、関東に進学する生徒は多くなかったため、同郷の者同士、定期的に集まっていたのだという。

――俺は一度も誘われたことなかったけどね。広沢は誘われたけど、俺に遠慮して行かなかったんじゃないかな。

古川はそう言って寂しそうに笑い、「五組のカワベ」と言って席を立った。また会いたいような、もう二度と会いたくないような。だが、古川の姿が見えなくなるまで、視線を外すことはできなかった。

広沢のことを書き溜めたノートに追加すべき項目が一気に増えた。自宅アパートに戻り、テーブルの上にノートと卒業アルバムを出すと、まずは、卒業アルバムの五組のページを開いた。カワベという苗字を探す。漢字では河部だった。写真を穴が開くほど見つめ、深瀬はそのまま仰向けに寝転び、天井を仰いだ。

いったいどうなっているのだ……。

それを確認するためにここに来たんじゃないか、と深瀬はパイプ椅子から立ち上がって、印刷機に目を遣った。入ったときには気付かなかったが、ピンクの蛍光ペンで「故障中」と書いたざら紙が蓋の上にテープで貼り付けてある。印刷機の故障は深瀬を呼び出す口実だと思っていたが、本当に故障していたのか、と表蓋を開けてみると、単に用紙が詰まっているだけだった。木田が折り曲げた紙を使うなどしてわざと詰まらせたのではないか、とも思いながら、黒いインクの滲んだ紙を引っ張り出す。

木田は共犯者なのかもしれない。深瀬に対しては一枚だったが、浅見の車には複数の紙が貼られていた。もしかして、この印刷機で刷ったのかもしれない。そんな疑念まで湧いてきたが、小さく頭を振る。一昔前ならともかく、自宅にパソコンとプリンターがあれば、告発文など何十枚、何百枚でも簡単に作ることができる。

彼女は自分で作ったのか……。

ノックの音が響き、ゆっくりとドアが開いた。木田が辺りを窺うように入ってくる。

「ごめんなさい。書道部の子たちが鍵がないとか言い出しちゃって」

校舎内を走り回っていたのか、木田の額にはうっすらと汗が滲んでいた。

「あっ、印刷機、直してくれたんですね。朝、使おうと思ったら、誰かが紙を詰まらせていて。ニシダさんの電話、グッドタイミングだったんですよ」

演技をしているようにはとても思えない。

「そうだ、冷たい麦茶でも入れてきましょうか」

木田は返事を待たずに踵《きびす》を返したが、いいです、いいです、と深瀬は慌てて呼び止めた。それじゃあ、とさっきまで座っていた椅子を木田に勧められ、作業用の長テーブルを挟んで、二人で向かい合うようにして座った。取り調べのようだな、と思う。

「貼り紙のこと、何かわかったんですか？」

「それは、まだ。今日は浅見、先生のことじゃなくて」

ここに向かう途中、木田にどう切り出すべきか、と車を運転しながら思案した。木田はどうかかわっているのかわからない。余計なことまでしゃべってしまうと、広沢の事故の真相が公になり、浅見が危ない立場になりかねない。

しかし、と気持ちを落ち着かせて自分に言い聞かせる。話を聞くのは、木田が初めてではない。同じでいいのだ。自分が知りたいことは、たった一つではないか。

「広沢由樹がどんな人間だったのか、教えてもらえませんか？」

木田はふいをつかれたような顔をした。ヒロサワ？　とつぶやきながら小さく首をかしげている。

「交通事故で亡くなった広沢くん？」

「そうです」

「いいけど……。何で、ニシダさんが広沢くんのこと知ってるの？」

どうやら自分は無駄に情報を広めにきただけかもしれない。深瀬は木田に会いに来たことを後悔した。


小学生って小さいんだなあ、と当たり前のことを口にしてしまう。ほんの数日前に似たような光景を見た。グラウンドで野球をしている、今日は大人だ。谷原が所属し、広沢も数回参加したことのある〈ボンバーズ〉が練習している市民グラウンドにやってきた。

谷原の姿はないが、それは前もって知っていたことだ。練習日や場所のことを聞くために谷原に電話をかけると、有給休暇をいつまでも取るわけにはいかず、どうにか自分を鼓舞して出勤しているのだと、割合、元気そうな声で言われた。自動車通勤を会社に許可してもらったものの、会社に近い月極め駐車場に停めるため、そちらの出費が痛いとぼやいていたが、それを差し引いても深瀬の給料より手取りは多いはずだ。

何かわかったのか？　という問いには、近いうちに皆に報告できるかもしれない、とだけ伝えた。

ポジションはキャッチャーに違いない、とイメージせずにはいられない体型の男がグラウンドから深瀬の腰掛けるベンチまで走ってやってきた。池谷博之《ひろゆき》、谷原のチームメイトだ。深瀬が他のメンバーに会いたいと谷原に伝えると、野球チームのことなら俺に訊けばいいじゃん、と訝しげに返されたが、じゃあ、練習場まで一緒に来てくれと頼むと、断られた。事件現場に近寄ることができるほどの回復はしていないらしい。

「お待たせ。谷原から聞いてるよ」

池谷は人の良さそうな笑みを浮かべて、深瀬の横に腰掛けた。

「話を聞きたいって、谷原のこと？」

「それもあるけど、その前に、広沢のことを教えてくれないかな。今、いろいろな人に広沢がどんな人間だったかを聞いているんだ。一緒に少年野球をやっていたっていうおさななじみから話を聞いたら、ここでの広沢のことも知りたくなって」

「そうか。確かに、打っても、投げてもすごかったもんな。バレー部なんか入らずにずっと野球続けていたら、甲子園にも行けてたんじゃないのか？　大学から野球を再開してもすぐにレギュラーになれていただろうし、もったいないな。何でやらなかったんだろう。谷原みたいにどこか故障してたとか？」

池谷の方がかぶせるように質問してくる。故障の話は誰からも聞いていない。広沢が大学に入って何もスポーツをしなかったのは、おそらく、誘われなかったからだ。目の前で起きている出来事、自分を求めて近寄ってくる人間、そういったものだけを自然に受け入れて過ごしてきたのではないか、と深瀬はこれまでに聞いた話から思い至った。

「野球は好きだけど、きっかけがなかっただけじゃないかな。楽しそうにしてた？」

「もちろん。でも、毎週来ればいいのにって誘ったけど、ピンチヒッターで呼ばれたときだけにしておくよ、ってさ。谷原に気を遣ってたんだろうな。口には出さないけど、あいつ、広沢が活躍してると悔しそうだったし。そういうのにいち早く気付くタイプだっただろ、広沢は」

池谷の手を取ってお礼を言いたいような気分になったのは、この期《ご》に及んでまだ自分が広沢の友人代表であるとでも思っているからだろうか。嬉しさの反面、心が沈む。もしかすると、広沢が気を遣っていた相手は谷原ではなく、自分ではないだろうか、と深瀬は思った。せっかく古川が解放し、野球に誘ってくれる友人ができたというのに、同時にまた辛気臭い友人が付きまとうようになり、広沢を束縛してしまった。

「ところでさ」

池谷が深刻そうな顔を向けてきた。

「谷原って、酔っ払って線路に落ちたのかと思ってたら、誰かに突き落とされたらしいって聞いたんだけど、犯人とか、わかってるのか？」

池谷はやはり、そちらが気になっていたようだ。深瀬は黙ったまま首を横に振った。

「こっち方面にはしばらく来たくない、なんてよほどビビったんだろうな。こんなことなら車で帰らせてやっとけばよかった」

「えっ？」

谷原はその日、この市民グラウンドまで車で来ていたのだという。しかし、試合後、皆でいつもの居酒屋に行くと、ノンアルコールではなく普通のビールを注文した。てっきり、車は駐車場に置いて電車で帰るのかと思っていたら、谷原は居酒屋を出た後、車を停めてある市民グラウンドの方に向かおうとしたらしい。

「いつもより量は控えてたけど、飲酒は飲酒だし、何かあったら一緒に飲んでた俺らにも責任があるじゃん。まあ、何でその日に限って車で来てたのか、薄々察しはついてたけど、やっぱり運転させるわけにはいかないって、みんなで説得したんだよ」

名前こそ出さないが、池谷の頭の中には広沢の事故のことがあったのではないかと思う。それがなくても、谷原を説得することができるのか。斑丘高原に池谷も来ていたら、何か変わっていただろうかとまで考えてしまう。それにしても、懲りていないのは谷原の方だ。鼓動が速まるのがわかるほどに、怒りが込み上げてくる。

「何で、谷原は車で来ていたの？」

「マネージャーの子を送ってやろうとしてたんだよ。俺らメンバーはだいたいこの辺に住んでるけど、谷原とその子はいつも電車で来てたから」

谷原のマンションで村井が似たようなことを言っていたのを思い出した。

「まあ、彼女が説得してくれたから、谷原も電車で帰ることにしたんだけど」

池谷たち野球チームのメンバーでは無理だったようだ。

「電車で送ってくれるなら、酔い覚ましにうちでコーヒーくらいごちそうします、って。そりゃあ、谷原も電車にするって言うよな」

そして、二人で駅に行き、谷原は線路に突き落とされた。

「そのときのこと、マネージャーの子から詳しく話を聞けないかな」

「それが、誰も彼女の連絡先を知らないんだ」

マネージャーの子は今年の春頃からときどき、グラウンドの片隅で練習を眺めていたのだという。調子のいい谷原が声をかけると、野球が好きなので勝手に見学させてもらっているのだ、と彼女は言い、その場でマネージャーとしてチームに招き入れられることになった。しかし、連絡先を訊ねると、携帯電話を解約したばかりなのだと、少し困った様子で言われた。今時そんな嘘は通用しないと、谷原が食い下がると、ストーカー被害にあったのだと口ごもるように俯いたので、谷原も引き下がったらしい。

「すごくいい子でさ、月に二回はサンドイッチを作ってきてくれていたんだけど、あのとき以来、来なくなったんだ。自分が電車にしようって言ったからだって、気にしてなけりゃいいんだけど」

池谷は心底マネージャーの子を案じているようだが、深瀬は違う思いを抱いていた。

谷原を突き落としたのは彼女だ。

「あのさ、ちょっと見てもらいたいものがあるんだけど」

深瀬は足元に置いていたカバンから卒業アルバムを取り出した。

「へえ、誰の？」

どうしていきなり？　というようにとまどいながらではあるが、池谷は卒業アルバムを覗き込んできた。質問には答えずに、深瀬は五組のページを開いた。

「この中に、マネージャーの子っている？」

「はあっ？」

困惑顔で池谷は深瀬を見たが、すぐに卒業アルバムに目を落とし、写真を出席番号順に指でなぞっていった。その指がピタリと止まる。

「いた！」

その声をゆっくりと受け止めるように、深瀬は両手で顔を覆った。


深瀬はいつもの席、カウンター席の一番奥に腰掛けた。

マスターも他の客もいない。約ひと月ぶりの〈クローバー・コーヒー〉は、足を踏み入れるまでは半年も一年も遠ざかっていたように感じていたのに、椅子やカウンターが肌に触れる感触は体がしっかりと憶えていたようで、久しぶりの動作にもまったく違和感を抱くことはない。

今夜、店の喫茶コーナーは深瀬の貸切だ。しばらく足を運ばなかった言い訳をどうしようかと答えが出ないまま電話をかけると、奥さんは開口一番、よかった、と安堵の息をついた。

——もう、うちには来てもらえないと思ってた。本当にごめんね。

奥さんに謝られなければならないことなど、何も思い浮かばなかった。もしも、美穂子と別れたことが奥さんに伝わり、映画の券などで自分が取り持ったのを申し訳なく思ってくれているなら、まったくの誤解だ。それでも、少し前の深瀬なら、いいんです、などと訳がわからないまま相槌を打っていたかもしれない。それでは理解し合えないことを、この数週間で知った。

——何を謝られているのかよくわからないんですけど、教えてもらっていいですか？

そう言葉にして伝えた。

——えっ、ストーカーのことだけど……。

奥さんの口からまったく予期していなかった言葉が飛び出した。

——美穂子ちゃん、うちの店をかばって、深瀬くんには黙っていてくれたのかな。美穂子ちゃん目当てで〈グリムパン〉に行って、いろいろちょっかい出していた犯人が、実は、うちに時々来ていたお客さんだったの。なのに、私、そんなことに全然気付かなくて、カウンター席の一番奥に座ってる人の名前何でしたっけ？　って訊かれて、深瀬くんのフルネームを教えちゃったのよ。一度教えてもらったから、また訊くのは申し訳なくて、なんて言われたもんだから。深瀬くんが何か嫌がらせをされて、店に来てくれなくなったんじゃないかって、気になっていたんだけど……。

――いや、僕は何もされていませんよ。

――なんだ、よかった。

ホッとしたように声がワントーン上がった奥さんに、しばらく店に行けなかったのは出張があったからだと伝え、一時間でいいので喫茶コーナーを貸切にしてもらえないかと頼んだ。奥さんは夕方から閉店まで使っていいと言ってくれ、礼を繰り返しながら電話を切ったのだが、その後になってモヤモヤとした気持ちが込み上げてきた。

ストーカーだって？　そういえば、手紙を見せられたときに、アルバイトの女の子宛に手紙やプレゼントを店に送ってくるストーカーまがいの人がいる、と言っていたような気がする。美穂子自身が被害に遭ったわけではなさそうだったので、深く受け止めずに流してしまったが。

もしや、自分は大きな勘違いをしていたのではないか……。深瀬は美穂子宛に届いた告発文の宛先が〈グリムパン〉の住所だったことを思い出した。

人殺しだと書かれた紙は、告発文などではなく、ただの嫌がらせだったのではないか。後ろめたいことなど何もない人が受け取れば、なんだこれ、と笑いながら丸めて捨てられる。そのレベルのものだったのではないか。なのに、後ろ暗いことを抱えた深瀬は過去に犯した人殺しに通じる行為を告白してしまった。

そして……。もう一度、この度の事件の原点に戻る必要があったが、すでに深瀬は約束を取り付けた後だった。広沢の人生をたぐり寄せた結果、辿り着いた、広沢の恋人に。会いたい、と伝えただけでは断られるのではないかと思った。だから、この数日間で自分が会ってきた人たちの名前を挙げた。そして、メールの最後はこう締めくくった。

『俺はただ、広沢由樹がどんな人間だったのかを知りたいだけです』

告発文を送り、谷原を線路に突き落とした犯人ではないか、と糾弾する気はない。その思いが伝われば、来てくれるのではないかと祈るような思いでここに来た。

深瀬の貸切でも、彼女なら奥さんは深瀬に確認せずに、店の奥に通すはずだ。

ゆっくりとドアが開き、越智美穂子がやってきた。

美穂子は深瀬の席から一つ空けて浅く腰掛けた。座る前にちらりと一瞬目が合っただけで、美穂子は俯いたまま深瀬の目を見ようとしない。美穂子の体からほんのり漂うバターの香りで、彼女の日常がまだ〈グリムパン〉にあることがわかり、手の届かないところに行ってしまったのではないことに安堵した。

「コーヒーを淹れてもらう？」

深瀬は訊ねたが、美穂子は黙って首を横に振った。深瀬は足元に置いていたカバンからノートを取り出し、そっと美穂子の前に置いた。

「見て欲しい」

表紙にタイトルは書いていない。ただ、どういったノートなのか説明しない方が美穂子は開いてくれるのではないかと思った。美穂子は指先でコーヒー色の表紙をつまみ、ゆっくりとめくった。

広沢由樹は、で始まる文章で埋め尽くされたページ。美穂子は小さく息を呑み、顔を上げて深瀬を見た。美穂子が何を思っているのかはわからない。今にも、泣き出しそうにも怒り出しそうにも思える表情で、じっと深瀬を見つめたままだ。

「俺は、ミホ……、きみに会った最後の夜、広沢由樹という大学時代の友だちの話をした。見殺しにしたようなものなのに、さも、自分こそが広沢の一番の友だちで、あいつのことを誰よりも理解し、世界で一番その死を悼んでいるかのように」

美穂子が目を伏せた。だが、視線はノートの上にまっすぐ注がれている。

「だけど、本当は何にもわかっていなかった。自分と一緒にいたときの広沢のことだけ。いや、それすらも、広沢がどんな気持ちでいたか考えようともしなかったことに気が付いた。人殺しだっていう告発文が届くまで。俺にだけじゃない。ゼミ仲間全員に届いたと知るまで、俺は広沢のことを知らないという事実に気付いていなかった」

美穂子は微動だにしない。しかし、視線はもうノートの文章を追っていないのがわかる。

「それでも、俺にとって友だちと呼べる人間は広沢だけで、もう手遅れなのかもしれないけど、広沢のことを知りたいと思ったんだ。そして、広沢のことをよく知っていそうな人に会って話しては、一つずつどんなに小さなことでも書いていった」

美穂子が次のページをめくった。目を細めれば、何か黒い立体像が浮き出してくるのではないかと思えるほど、文字がびっしりとページを埋め尽くしている。

「誰に会ったかは、メールに書いた通り」

美穂子は何も答えないが、文字を追ってはところどころ視線を止めている。自分も知っている広沢を見つけたのかもしれない。もしくは、知らなかった広沢を。

「人と人とのかかわりは、一直線上にあるわけじゃないってことがわかった。複雑に絡み合っているからこそ、俺と浅見の仕事を通じての共通の知り合いが、たまたま広沢の高校時代の同級生だってことが起こり得る。すごい偶然だと思うけど……、きみと俺がこの店で会ったのは、偶然じゃないよね」

数秒置いて、美穂子が小さく頷いた。

「誰をとっかかりにしたのかはわからない。だけど、きみは広沢と同じゼミだった四人に接触しようとした。何らかの形で、広沢の死因が俺たちにあると知ったから」

「違う」

美穂子がかすれた声を出した。小さく咳払いをしてもう一度、違う、とはっきりとした口調で言った。

「わたしが四人を見たのは、去年の三回忌の法事のとき。お葬式も一回忌も辛くて行けなかったから。由……、広沢くんと付き合ってたことは古川くん以外、誰も知らなかったけど、お葬式や法事の連絡は地元に残っている子が連絡網でメール送ってくれるの。岡本くん」

深瀬も会ったバレー部のキャプテンだ。

「法事の後は地味な同窓会って感じでみんなで飲みに行った。うちは、わたしの高校卒業と同時に親が離婚して、名字が変わっちゃったから、そういうの説明するのが嫌で同窓会はずっと避けてたんだけど、岡本くんがみんなで広沢の思い出話をしよう、法事ってそういうためにあるんじゃないか、って言ったから、参加することにした」

岡本がひと声かければ皆が集まるのだろう、と深瀬は岡本の自信に満ちた姿を思い出した。

「集まった中には広沢くんと幼稚園から一緒だった子もいるし、高校時代までの話ならみんなよく知ってるの。弱い者イジメしてた子も、年月が経てば自分が悪いことをしていたっていう自覚があって、それを反省する気持ちもあって、本当に強いヤツっていうのは、広沢みたいに、黙ってバリケードになってやれるヤツのことなんだろうな、なんて言ってくれていて、すごく嬉しかった」

深瀬も頷いた。鼻の奥がツンとしてくる。

「でも、誰も大学生の広沢くんは知らないの。こんな雰囲気なら、古川くんも来ればよかったのに、って思った。そうしたら、みんなに広沢くんのこと話せたのに。じゃあ、おまえが話せよ、って思うでしょ。だけど、そうなった場合を想像しても、わたしは何を話せばいいのかまったく思いつかなかったの」

自分と同じだ、と深瀬は感じた。だが、それを嬉しいと思う気持ちは必死で抑える。

「そうしたら、岡本くんが、よくわからないけど、楽しかったんじゃないかって。お葬式や法事に来ていたゼミ仲間は人生が充実しているような、リア充っていうの？　そういうタイプの人たちだから、きっと楽しく過ごしてたんじゃないか、って」

同じことを深瀬も岡本から直接聞いた。ただし、深瀬の存在はかき消されていたようだが。また、同級生の中には、ビジネスホテル〈なぎさ〉に勤務している者もいて、なんとか物産で働いているみたいなことを言ってたよ、などと聞き耳を立てていて、広沢も生きていればそういうところに就職していたのか、という流れになったのだという。美穂子が自発的に話しているはずなのに、彼女の顔色は一気に曇っていった。

「広沢くんが四年生になる前頃から、わたしたち、少しぎこちなくなってたんだよね。理由はよくわからないんだけど、古川くんがいきなり広沢くんとはもう一緒にいたくないなんて宣言して、広沢くん、ものすごく落ち込んでた。わたしと別れることになっても、こんなには悲しがってくれないんじゃないかってくらい」

「そんな……」

「古川くんに会ったんだよね。何か言ってた？」

「広沢を解放してやりたかったって。……ずっと、一緒にいてくれたから」

古川から聞いたことを美穂子にすべて話すことはできなかった。だが、これで伝わったはずだ。むしろ、いますぐ伝えてやりたいのは古川にだ。広沢はおまえが離れていって落ち込んでいたのだと。それって、おまえが広沢を頼っていただけじゃなく、広沢もおまえを頼っていたっていうことじゃないのか、と。

「すごいな、古川くん。やっぱり、わたしなんかより、広沢くんのこと何倍も理解していたんだ。広沢くんがどこの国に行きたかったか、知ってた？」

「……いや」

広沢が外国を旅したいと思っていたことを聞いたのは、広沢の父親からだ。古川はそれについては何も言っていなかった。当然、深瀬も知らない。

「そっか。わたしね、広沢くんはマジメでしょ？　最初に付き合った子とずっと一緒にいなきゃいけないって自分に言い聞かせているような。こっちがそれっぽいこと何にも訊いていないのに、浮気は絶対にしない、って断言してくれたこともあったし。だから、当たり前のように、広沢くんと結婚するんだろうなって思ってた。なのに、ある日突然、外国をしばらく旅してみたい、なんてポツリと言われて。……あれっ、わたしは？　っていきなり広沢くんの世界から放り出されたような気がした。ううん、この人は隣には置いてくれたけど中には入れてくれていなかったんだって気が付いた」

美穂子は大きく息をついた。同じ気持ちだ、と深瀬は思った。そう口に出そうともしたが、言葉を飲み込んだ。自分と美穂子とでは、決定的に違うことがある。

「喉渇いちゃった。……大丈夫かな」

美穂子が遠慮がちにバッグの中から水筒を取り出した。蓋を兼ねたカップにお茶を注いで、ごくりごくりと二口で飲み干した。飲む？　と訊かれ、深瀬が遠慮がちに頷くと、同じカップにお茶を注いで、目の前に差し出された。美穂子との距離感がつかめない。深瀬のことを恨んでいるのではないのか。しかし、長い打ち明け話をするほどに、そして、自分が使ったカップを差し出してくるほどに、心を開いてくれているような気がする。しかし、その顔に笑みが浮かんだことは、ここに来てまだ一瞬たりともない。

「ありがとう……」

カップを受け取り一気に飲み干して、カウンターの二人の真ん中辺りに置いた。ぬるいカモミールティーだった。鼻の奥にまだ留まっている香りに気持ちが和む。

「広沢くん、カモミールは苦手だって知ってた？」

深瀬は首を横に振った。二人でハーブティーを飲んだことはない。

「草みたいな味がするって。もう少しマシなたとえがあるでしょ、リラックス効果があるんだから、って文句を言ったら、そう思うんだから仕方ない、でも香りは嫌いじゃないよ、って。ハーブティーみたいに、外国のことだってつっこんで言えばよかったのかもしれない。わたしは置いていかれるの？　待っててていいの？　勝手についていっていいの？　軽く訊けば軽く返してもらえそうなのに」

「軽く訊けるのは、自分に自信がある人だけだよ。俺なら、怖くて訊けない」

「でも、カズくんなら、怒りはしないでしょう？」

そういう場面ではないとわかっていても、カズくんと呼んでもらえたことが嬉しい。

「わたしは、恥ずかしい話だけど、親の離婚の原因が、お父さんが働かなくなったことだったから、就職しないイコール結婚する気はない、自分以外の人のことは考えていない、っていうふうに決め付けちゃって、就職しないのなら別れる、って言い切ったの」

ああ、とまるで自分が外国に行きたいという夢を持っていたのに、非情な選択を突きつけられた気になり、深瀬自身が項垂《うなだ》れてしまう。広沢はきっと、ごめん、と美穂子に詫びたに違いない。

「ごめん、ちゃんと就職するから、って言われた」

思った通りだ。

「それからも、二人で会っていたし、普通に話したりもしていたけど、本心は言ってくれなくなったような気がした。無難な話だけ。一緒に笑っても、きっと、わたしに合わせて笑ってくれているだけなんだろうなって、外国に行かれるよりも広沢くんを遠くに感じた」

古川が美穂子と自分は不釣り合いだと感じたのなら、深瀬もまた美穂子とは不釣り合いなのだろうと今日〈クローバー・コーヒー〉に来るまで思っていた。色が違う、所属している場所が違う。古川はすぐに気付いたのに、何の違和感も持たずに三ヵ月も付き合っていた自分はなんておめでたかったのだろうと、自分の愚かさを笑った。どれだけ、自己評価が高いのだ、と。しかし、今は美穂子が自分と同じ色に見える。

広沢が隣にいるときはそれが当たり前のように感じていたのに、距離が出来て初めて、自分がどれほどに広沢を求めていたか、一緒にいたいと願っていたかに気付く。

好きな女がずっと他の男の話をしているのに、嫉妬心がまったくといっていいほど込み上げてこないことには気付いていた。それは、広沢がもうこの世にいない人だからではないかと思ってみたが、そうではなかった。美穂子が語れば語るほど、美穂子の気持ちが自分の気持ちと同化していたからだ。

自分と美穂子は同じ思いを抱えているのだ。ならば、広沢のゼミ仲間に会いたいと思った理由も同じなのではないか。

「俺は、ミホちゃんがゼミ生四人に接触してきたのは、復讐が目的だと思ってた。もちろん、その理由もあるかもしれない。だけど、一番の目的は、広沢のことを知りたかったからじゃないかな。自分の知らない友人たちとどんなふうに過ごしていたのか。彼らの目には広沢はどんなふうに映っていたか。ただ、知りたかった。できれば、最後の日のことも含めて」

美穂子は静かに頷いた。そして、四人にどうやってそれぞれ接触したのかという深瀬の質問に、もう一度カモミールティーで喉を潤し、淡々と答えていった。

「えっ、浅見に？」

広沢はときどき、美穂子にゼミ仲間の話をしていたという。

そんな中、美穂子は東京での女子だけの集まりに参加した際、横浜の女子大に進学した木田瑞希が高校教師を目指していると言っていたことを、広沢に話した。瑞希は広沢と三年生のときに同じクラスだった上、おしゃべり好きで教師泣かせの瑞希が教師を目指していることがおもしろかったからだが、言い終わらぬうちに就職の話ではないかと後悔した。しかし、広沢は気に留めぬ様子で、ゼミの浅見も教師を目指しているけれど、子どもの人数が減っているから採用数も少ないらしく、大変そうだ、と美穂子に言ったらしい。でも、あいつなら絶対に合格するはずだ、とも。

そこで、美穂子は教員の新採用や人事異動が載った新聞記事で浅見の名前を探すことにした。そして、浅見が採用試験に一発合格し、県立楢崎高等学校に勤務していることを知った。そこから二年経っていたが、卒業生を装い学校に電話をかけてみたところ、浅見がまだいることを知った。ダメ元で、学校の住所宛で浅見に、広沢について知りたいという手紙を書いたところ、浅見からの返信はすぐにあり、会ってもらえることになった。

広沢との関係を訊かれ、自信を持って彼女だったと言うことができず、親戚だと答えた。愛媛の？　と言われ、とっさに「おじさんとおばさんに頼まれて」と答えると、浅見は顔を曇らせて、あんな天気の日に山道を運転させたことを本当に申し訳ないと思う、と謝罪の言葉を口にしたのだという。

自分が酒を飲んでいなければ、運転することができたのに、と。あの事故以来、酒は一滴も口にしていない、とまで言われると、訊きたいのはそういうことではない、とも口にできず、気にしないでください、などと慰めの言葉をかけた。

それでも、教師の仕事って大変そうですよね、といった話をしながら、ゼミ生の他の皆さんは何をしているのですか？　と訊ねることができた。

――おじさんたちには報告したはずだけど。

――商社、とかですよね。そういう硬いことじゃなくて、由樹くんと共通の趣味があったのかなとか、皆さんで会ったりしているのかなとか、何か楽しいことです。

そうして美穂子は、村井、谷原、深瀬の勤務先や趣味を聞き出し、接触する準備を進めた。

また、三人には、広沢のことを教えてくれとアポを取るのではなく、まったく別の形で偶然知り合ったように装い、さりげなく学生時代の友人の一人の話として聞き出してみることにした。そうすれば、一回限りになりそうな浅見と違い、複数回会うことによって、事故とは関係のない自然な姿の広沢を知ることができそうだったし、逆に、広沢がどんな友人と付き合っていたのかをより深く理解できるような気がした。

そして、美穂子は村井の父親が主催する音楽会にボランティアスタッフとして申込み、谷原の所属する野球チームの見学に訪れ、深瀬の行きつけのコーヒーショップに通うようになった。

告発文の犯人は広沢の両親ではないか、と浅見が案じていたのは、美穂子の接触があったからだと腑に落ちた。皆に打ち明けるべきかと迷っていたかもしれない。それよりも……。

「もしかして、あいつらとも付き合ってた？」

「違う！」

深瀬の恐る恐るの問いに美穂子は間髪入れずに答えた。怒っている。

「誰とも付き合う気なんてなかった。広沢くんのことをどう切り出していいのかわからなかったけど、みんな気さくでいい人たちだと思えたから、もう訊かなくていいやって満足できたし。きっと広沢くんも楽しかったはずだ。最後の一日を一緒に過ごせたのが、この人たちでよかったのかもしれない、って思えた。これで踏ん切りを付けて、地元に帰ろうと決めたけど、どうしても、一人だけもっと一緒にいたいと思う人がいて、こっちに残ることにした」

美穂子は学生時代からアルバイトをしていたパン屋に就職していたという。しかし、一人で生きていくのに疲れ、地元に戻ることを決めた。広沢の三回忌の法事での同級生の態度の変化を見て、帰るのも悪くないと思ったのだ。昨年末に仕事を辞め、広沢の足跡をたどり、春には帰るはずだった。それまで住んでいたマンションは会社の借り上げだったため、短期間の賃貸住宅を探すことになった。ならば、と深瀬が毎日通っている〈クローバー・コーヒー〉の最寄り駅に近いアパートに決めた。

「なんで、俺の近くに？」

「……特別だったから」

意味がわからなかった。新居を探す段階では、四人のゼミ生のうち、美穂子はまだ浅見にしか会っていないはずなのに。

「カズくんは、広……、由樹にとって特別な友だちだったから」

美穂子の言葉を頭の中で何度も繰り返した。特別な友だち。つい最近までそう信じて疑わなかったことなのに、美穂子の言葉は頭の中心にしみ込んでこなかった。そんなはずはないだろうと、バリアを張って弾き返しているように。自分が傷つかないよう守るため。

「そういう同情っぽいのは、もういいよ」

後付けの理由なのだ。単に、この辺りの家賃が安かったからだろう。そう自分に言い聞かせた。

「だって、由樹がそう言ってたんだから」

美穂子はまっすぐ深瀬を見つめている。

「由樹は……、自分は空っぽなんだって言ってたことがある。いっぱい詰め込んでみたいけど、何を詰め込んでいいのかわからない。野球もバレーも楽しいけど、詰め込んでもいっぱいになった気がしないから、きっと、それほど好きじゃないんだろうなって思う。全身その思いが詰まっている周りの人を見ると、自分がそれをしていることが申し訳なくなってしまう。心底嫌いだと思う人はいないけど、ものすごく好きだと思える人も自分には現れないだろうって思っていた。……でも、そんな中にも、確実に、一緒にいると居心地がいいと思えるヤツが現れた。それが、古川だったし、今は、深瀬ってヤツなんだ」

視界がぼやけた。目を内側から圧迫されているように、何かが噴き出そうとしているのを感じる。涙なのだけど、涙と一緒に体を突き破って溢れ出ようとしているものがある。込み上がり、眼球が飛び出してしまいそうで、とっさに口が開いた。新しい出口を見つけて一部がそちらに駆け出す。

「広沢！」

カウンターに突っ伏したと同時に、涙と声が吐き出された。広沢と過ごした日々があの事故の日から高速で巻き戻っていく。楽しかったあの日々が……。

背中の震えが弱まると、真ん中あたりに手のひらの温かさを感じた。一つ空いていたはずの席に美穂子が座り、深瀬の背中を優しく撫でていた。

「何でそんなことができるの、大事な人を奪ったヤツに」

深瀬は伏せたまま言った。美穂子は何も答えない。だが、手のひらは深瀬の背中に置いたままだ。

「俺が人殺しだっていう手紙は、ただの嫌がらせだった。なのに、俺は広沢の事故のことを話した。飲めないという酒を勧め、免許をとって間もないことを知っていたのに、悪天候の中、山道を車で走らせた。それをミホちゃんがどんな気持ちで聞いていたのか、想像もつかない。だけど……」

深瀬は顔を上げた。握りしめた手の甲で涙をぬぐい、美穂子にまっすぐ向き直る。

「憎まれて当然だということはわかる。だから、他の三人にも同じことをしたんだよね」

美穂子は小さく頷いた。その目に後悔の色はない。

「許せなかったから」

「殺してやりたい、って思うほど？」

美穂子は大きく首を横に振った。

「何にもなかったように振舞っているのが許せなかった。だから、思い出させてやろうと思った」

「俺みたいに？」

美穂子が目を伏せる。

「誰も、忘れてなんかいないよ」

「だって、谷原くんは！」

そこまで認めてしまったか、と深瀬はギュッと目を閉じた。咎《とが》める気持ちはない。池谷から谷原が飲酒運転をしようとしたと聞いたときは、深瀬の腹にも怒りが込み上げてきた。それでも、美穂子の行為を肯定してはならない。

「谷原と何があったの？」

「……酷いことを言った。ホームで電車待ってるときに。ちょうど電車が行った後で、やっぱり車にしといた方がよかったんじゃない？　って谷原くんが言ったから、友だちが交通事故に遭ったって聞いたことがあるけど、気にならないの？　って言ったの」

ホームに二人で並んで立つ姿を思い描くことができた。谷原は上機嫌だったのだろう。美穂子の目の奥まで覗き込もうとは思いもしなかったに違いない。

「そのときは俺、免許持ってなかったから、山道の運転って相当大変なんだって思ってたけど、今なら、これくらい飲んでても全然行けると思うんだよね。要は反射神経。でも、あいつ野球は上手かったんだよな。まあ、運が悪かったってことかな」

頭の中で谷原の背を線路に向かって思い切り突き飛ばした。いや、実際にそうしなければ握った拳の震えを止めることはできない。美穂子も震えていたのではないだろうか。

「わたし、頭の中で数かぞえてた。落ち着け、落ち着け、って。由樹が野球楽しいって言ってたから。谷原くんは気さくで面倒見のいいヤツだって褒めてたから。多分、この人は強がってるだけなんだ、って。なのに、心配かけてごめん、なんて言いながら抱き付かれそうになって……」

「でも、谷原はミホちゃんに突き飛ばされたとは思ってなさそうだけど」

「そのくらい飲んでいたし、自分がやったくせに、助けて、って叫んじゃったし」

「……生きててよかった」

息を吐くように深瀬がつぶやくと、美穂子は口を真一文字に結んで俯いた。そういう意味ではないのだ、と深瀬は美穂子の肩に手を載せた。

「ミホちゃんが人殺しにならなくてよかった」

美穂子の頬が少し緩む。すべて緩めると涙がこぼれるのがわかっているというふうに、すんでのところで力を入れている。

「わたしはどうしたらいいと思う？」

「それは、俺も、ゼミのヤツらも同じだよ。ミホちゃんは、俺らがどうすれば許してくれるの？」

「酷いことをしておいて今更だけど、わたしにはそういうことを決める権利なんてない。わたしは由樹の何者でもなかったんだから」

「そんなことないよ。何で気付かないんだ。与えられるものだけ、寄ってくる人だけを受け入れていた広沢が、ミホちゃんのところには、自分から行ったんだ。ミホちゃんは唯一、広沢から求められた人なのに」

美穂子が顔を覆った。両手の隙間から涙と嗚咽《おえつ》が溢れ出す。

「わたしなんか、わたしなんか……」

深瀬は美穂子の背を遠慮がちに撫でながら、ふと、思った。古川によると、高校時代、広沢と美穂子にそれほど接点はなかったという。広沢は何故、美穂子を好きになったのだろう。

「広沢はミホちゃんに、何て言ったの？」

「……また、一緒に缶コーヒーを飲んでほしい」

美穂子はポツリポツリと高校時代のある日のことを話した。

二年生の秋口に、自転車通学をしていた美穂子は学校に遅刻した。深夜をまわって始まった両親のけんかに心を痛め、眠ることができなかったからだった。海岸通りと合流する学校まであと二百メートルばかりの信号のところで、同じクラスの男子、広沢と一緒になった。話をしたことはなかったが、遅刻仲間を見つけたような気がして声をかけた。寝坊？ と訊ねると、道路工事で通行止めになってたところがあったから、と広沢は答えた。言われてみると、遠回りをしたのか、自転車をとばしてきたのか、たかだか通学にもかかわらず、マラソン後のように広沢の息は上がっていた。

——缶コーヒー飲まない？ いや、コーヒーじゃなくてもいいんだけど。授業中の教室に入るのって嫌だし、あと二十分、サボろうよ。

美穂子がそう誘うと、いいよ、と答えた。嬉しそうではないけれど、嫌がっているようでもない。信号を渡り、学校に向かって五十メートル進んだところにバス停があり、自動販売機が立っている。広沢は小銭を入れると、美穂子に、どうぞ、と自動販売機の前を譲った。自分で出すから、と断ると、金持ちじゃないけど小銭持ちだから、と言われ、美穂子は温かい缶コーヒーのボタンを押した。広沢も美穂子と同じものを買い、二人並んで一緒に飲んだ。特に印象深い会話を交わしたわけではない。今シーズン初のあったかいだ。俺も。その程度だった。

チャイムの音が聞こえ、飲み終えた缶を捨てて自転車に乗り、正門に着くと、互いに、じゃあ、とだけ言ってそれぞれの自転車置き場に向かった。

「それっきりだったのに」

「十分だよ。もしも、思い出を切り売りしてもらえるのなら、俺はそれを買いたい」

美穂子が小さく頷いた。広沢の姿を自分の姿に置き換えることを、いや、その場に加えてもらうことを、想像するくらいなら許可してもらえたということだろうか。深瀬は缶コーヒーを片手に眠そうな目をこする高校生の自分の姿を想像した。昨日買った本が思いがけずスマッシュヒットで、徹夜で読んじゃったよ……。

「他の三人は反対すると思うけど、俺は広沢の両親に本当のことを打ち明けようと思うんだ」

「傷つけてしまわないかな。許してもらえる、もらえないは別として、懺悔《ざんげ》をした側は気持ちが軽くなると思うけど、重石《おもし》を差し出された人はどうすればいいんだろう」

美穂子の言うことには素直に頷くことができた。しかし、やはりそれは逃げていることになるような気がする。広沢なら……。

広沢由樹ならどうして欲しいと思うだろう。

仮に、死んだのが深瀬で、広沢が今の深瀬の立場ならどうするだろう。

答えを求めるように手を伸ばし、美穂子の前に置いていたノートを引き寄せた。

「まずは、このノートをいっぱいにする。広沢と関わった人たちはまだまだたくさんいるだろうから。バイトもしていたし、ゼミの教授を含めて、広沢の先生だった人たちにもまだ一人も会っていない。広沢がどこの国に行きたかったかもわかるかもしれない。そうやって出会えた広沢が、答えを教えてくれるような気がするんだ」

「わたしも一緒に書かせてもらっていい？」

ノートの上に美穂子が手を載せた。

「もちろん」

深瀬はその手に自分の手を重ね、きつく握りしめた。

「コーヒーを淹れてもらおう」

終章

コーヒーを頼むために店に行くと、レジにいた奥さんが心配そうな目で深瀬を見た。美穂子ちゃんとはどうなった？　そんなふうに。深瀬がニッと笑いかえすと、よかった、と奥さんは笑顔で胸をなで下ろした。

「コーヒーをお願いします」

「了解」

奥さんに敬礼のポーズで見送られ喫茶コーナーに戻ると、美穂子がノートを広げて何やら書き込んでいた。隣に座り、どれどれ、と覗き込む。

『広沢由樹はカモミールティーが苦手』

『広沢由樹は黄色い福神漬けより赤い福神漬けの方が好き』

美穂子が顔を上げた。

「くだらないことばっかり。それも、食べ物のことしか浮かんでこないなんて」

「いいんだよ。俺も蜂蜜トーストとか書いてるし。むしろ、嫌いな食べ物とか思いつかないから、知ってたら書いてよ」

「嫌いな物……。そうだ」

美穂子がノートに向かう。

『広沢由樹は蕎麦が食べられない』

美穂子がペンを置いた。

「えっ、そうなの？」

「知らなかったの？　蕎麦アレルギー。斑丘高原に行ったときも、由樹だけカレーを食べたって言ってたのに」

「いや、それは、てっきりカレーが食べたいんだとばかり思ってたけど、気を遣ってくれてたんだな」

深瀬がせっかく蕎麦屋を調べてきたのに、アレルギーだから食べられないと言ってしまえば、深瀬は気が利かなくて申し訳ないと落ち込むだろうし、谷原や浅見もそれならカレーにしようと言うはずだ、と。

貸して、と深瀬はペンとノートを取った。

『広沢由樹は空っぽなんかじゃない』

『広沢由樹の大きな体の中は、優しさで満たされている』

美穂子と顔を見合わせ、もう一度手を握ろうとしたところで、ドアが勢いよく開いた。奥さんと一緒に、マスターも入ってきた。

「やっぱり、ここ一番ってときにはお父さんに淹れてもらわなきゃ」

奥さんがそう言い、マスターは「久しぶり」と深瀬と美穂子に笑いかけ、二人はカウンター内に入った。ノートを閉じて、片肘をつく。こうしてマスターがコーヒーを淹れる姿を眺めるのはいつ以来だろう、と深瀬は考える。いや、正確な日数などどうでもいい。再びこういう日が訪れた、今この時間を大切に思いたい。

マスターは焙煎したてだというブラジルの豆を手動のミルで丁寧に挽き、ドイツ製のエスプレッソマシーンにセットした。奥さんは屈みこんで何やらゴソゴソしている。シューッという圧力がかかる音とともに、白いデミタスカップに濃厚なコーヒーがしたたり落ち、深い香りが一気に広がった。その香りを鼻いっぱいに吸い込む。頭の内側から揉み解《ほぐ》されているような心地よさを感じた。

「どうぞ」

まずは一杯目、濃いエスプレッソのまま、マスターは深瀬と美穂子の前にカップを置いた。目でつやのある濃い色を楽しみ、鼻先にカップを近づけ、香りの深い部分まで味わい、一口、口に含んだ。

「美味《おい》しい。やっぱり、コーヒーはこれじゃなきゃ」

全身が溶けていきそうだ。美穂子も丁寧に味わうように口に含んでいる。

「さては、浮気したな」

奥さんが笑いながらそう言って、深瀬と美穂子のカップの間に籐《とう》のカゴを置いた。小瓶がずらりと並んでいる。蜂蜜だ。

「二杯目はぜひお湯割りにして、これを楽しんで」

「いいんですか?」

深瀬はマスターの顔を窺った。早くも二杯目の準備をしているマスターの顔は真剣そのものだ。

「実はね、はまってしまったのはお父さんの方なの。コーヒーに蜂蜜なんて邪道だ、なんていかにも言い出しそうなのに」

「組み合わせのパターンが増えるのが奥深いんだよ」

マスターがインドネシアの豆を挽きながら言った。なるほど、酸味が低いため、蜂蜜との相性がよさそうだ。

「全部種類が違うんですか?」

美穂子が小瓶を一つ取り上げた。大瓶から移し替えられているのか、ラベルが貼られていない。代わりに、各瓶に直径一センチの丸いシールが色違いで貼られている。

「そうなの。お父さんがネットで全国から取り寄せて」

「すごい。色もそれぞれ違うんですね」

美穂子はカゴから瓶を取り出し、カウンターに横並びに置いた。六本の瓶を色が濃い方から薄い方へグラデーションになるように並べ替えている。

「一番薄いのはさくらですか？」

深瀬が訊ねた。奥さんがエプロンのポケットからカンペを取り出す。

「正解。すごいわね、深瀬くん」

美穂子も、何で？　と感心したように深瀬を見る。古川と蜂蜜トーストを食べたときの色と同じだったからだが、浮気を白状することになるので、頭を掻くだけにしておく。

「どうぞ」

マスターが二杯目のカップを置いてくれた。通常サイズのカップにエスプレッソのお湯割りが注がれている。土の香りがするコーヒーだ。

「どれを入れてみる？」

美穂子が深瀬に訊ねた。

「マスターにおすすめを聞こうかな」

深瀬が答える。マスターはカウンターに並べられた瓶に目をやり、「一番端の濃いので」と言った。コーヒーをゼリー状にしたような濃い褐色の蜂蜜だ。

「こんな色、珍しいでしょう。味も個性的よ」

奥さんが小さじを出してくれる。先に美穂子が蜂蜜を掬い、コーヒーに入れずにそのまま口に含んだ。

「本当だ。蜂蜜って言われなきゃ、煮詰めたカラメルソースだって思いそう。カズくんもそのまま舐めてみて」

美穂子に瓶を差し出され、言われるまま小さじで掬って舐めてみたが、深瀬にとっては初めての味ではなかった。色を見たときからそうではないかと思っていたが、斑丘高原の道の駅で買った蜂蜜と同じ味がする。一口舐めてコーヒーに合いそうだと思ったのを、舌が憶えていた。

「深瀬くん、これは何の蜂蜜かわかる？」

奥さんが訊ねた。しかし、色や味に憶えはあっても、何の植物かはわからない。あのときの瓶にも表示されていなかったからだ。

「なんだろう。樹液っぽい感じがするから、木に咲く花……、リンゴですか？」

「ハズレ。正解は……、蕎麦の蜂蜜です」

奥さんが弾んだ声を上げた。

蕎麦。

ホントに珍しい、そんなのがあるんですね……。美穂子の声がボリュームを絞っていくように深瀬の耳から遠ざかる。

蕎麦、蕎麦、蕎麦、蕎麦、蕎麦――。

濃い褐色のドロリとした液体が、深瀬の頭の中を渦巻いて、あの夜の光景に逆戻りさせた。


――俺、行くわ。

村井を迎えに行くことになった広沢。深瀬は台所に向かい、コーヒーの準備をした。ネルフィルターで丁寧にドリップさせたコーヒーをサーモカップに移し、甘い物が好きな広沢のために、昼間、道の駅で買った、濃い褐色の蜂蜜をたっぷり入れてかき混ぜ、蓋をする。

――これ。

框に腰掛けてスニーカーを履いている広沢に、サーモカップを差し出した。

――コーヒー、淹れてくれたのか？

――こんなことしか出来なくて、ゴメン。

広沢は大きな手でカップを受け取り、飲み口を開け、目を細めて香りをかぐとパチンと閉めた。

――運転手の役得だな。ありがたくいただくよ。

そう言って立ち上がり、分厚い木のドアを開けた。ザアザアという激しい音が冷気とともに飛び込んできた。

――気を付けて。

広沢はサーモカップを持った片手を上げて深瀬に微笑んだ。

深瀬の耳に広沢の最後の言葉がこだまする。

――じゃあ、行ってくる。

広沢を殺したのは……。

俺だったのか。

解説

佳多山大地

今年（二〇一七年）より時を溯行《リバース》すること十年——湊《みなと》かなえはインパクト抜群のデビュー短編をひっ提げて本邦ミステリー界に登場した。第二十九回（二〇〇七年）小説推理新人賞を受賞した「聖職者」は、幼い娘を亡くした中学校の女性教師が、加害者である男子生徒二人に恐るべき復讐を仕掛けるセンセーショナルな内容で、しかもその〝凶器〟にＨＩＶウイルスが選ばれていたことからも賛否両論かまびすしかった。

ミステリーファンには周知のとおり、湊かなえ初の単行本『告白』（二〇〇八年）はこの「聖職者」から物語をさらに展《ひろ》げて長編に仕立てたもので、翌年（二〇〇九年）第六回本屋大賞受賞の栄に浴すと、さらに二〇一〇年には松たか子主演で製作された映画版も大ヒットを飛ばした。いわゆるイヤミス（読み了《お》えて厭《いや》な気分が後をひくミステリー）なるムーブメントのトップランナーとやがて目される湊が、現代日本のミステリー史を画した記念碑的作品と位置づけられよう。以来、湊はほぼ年二冊のペースで新作を上梓し、その半数以上が映像化にも恵まれて幅広い読者層の支持を受け、当代指折りの人気作家の仲間入りを果たした。

そんな湊かなえが、会いに行けるアイドルならぬ〝会いに行ける小説家〟を標榜する心意気か、講談社など十の出版社の協力を得て《デビュー10周年 47都道府県サイン会ツアー》を今年一月から始動。愛知県豊橋市の精文館書店本店を皮切りに、日本全国を回る空前の規模のファンサービスを実行中だ（開催スケジュールはツアー公式ホームページ http://www.minatokanae10th.jp まで）。とりわけ地方在住の湊ファンには見逃せない、貴重な機会となるにちがいない。

小説作品のみ数えて十八作目にあたる本書『リバース』（二〇一五年）を、湊かなえの十年に垂《なんな》んとする執筆活動《キャリア》のなか位置づけるとすれば、まことに「異色作」である。惜しくも受賞は逸したものの第三十七回（二〇一六年）吉川英治文学新人賞の候補にも挙げられた本書は、じつに「ミステリー」なのである。湊が物した、最もミステリーらしいミステリー。『リバース』は、犯人探し《フーダニット》と意外な結末のために小説全体のプロットが入念に組み立てられた、真っ向勝負の長編ミステリーである。

かくも本書が「ミステリー」であるのは、その異例な成立事情に因《よ》る。というのも、まず版元である講談社の編集部からある〝お題〟が出され、それに応える形で書き出された作品だからだ。小説本編より先に「解説」に目をとおされている読者もいるだろうから詳しく言えないが、その〝お題〟はこの小説の最後の一行をほとんど既定し、極めてアクロバティックな筆さばきが要求されるものである。本書の初刊単行本が上梓されるにあたり、「小説現代」二〇一五年六月号誌上に掲載された《著者インタビュー》から引用すれば、「こういう驚きが成立する事件とはどういう状況で起こるだろうかと、そこからプロット作りに入っていきました」（傍点引用者）という次第。

しかし本書を「異色作」と評するのはそればかりではない。女性の登場人物の心の襞《ひだ》に触れることを自家薬籠中のものにしてきた湊かなえが、初めて一人の男性を主人公に起用し一本の長編を書いたという点で作家的なチャレンジだったのだ。主人公の名は、深瀬《ふかせ》和久《かずひさ》。社会人三年目の営業マンである彼を視点人物として、物語は全編三人称で語りとおされる。しかも、肝腎の「こういう驚きが成立する事件」が男ばかり五人のグループ内で発生して男性中心にドラマが展開することも、年来の湊ファンの目に新鮮に映るはずだ。

告発の内容は、誤解の余地なくシンプルだった。『深瀬和久は人殺しだ』と。交際三ヵ月になる恋人、越智美穂子《おちみほこ》のもとに届いた匿名の手紙には、たった一行、そう印字されていた。深瀬には思い当たるふしがある。大学四年の夏、ゼミ仲間と高原の別荘を訪れた夜に、広沢由樹《ひろさわよしき》は一人遅れて到着する仲間を車で迎えに大雨のなか出掛けた。その道中、広沢は崖下に車ごと転落し、命を落としたのだ。飲酒していた広沢にハンドルを握らせたことが公《おおやけ》になると将来に響くと考えた彼らは、誰から言い出すでもなく、その事実に口をつぐんできたのだったが……。

生前の広沢と最も親しかったと信じる深瀬和久は、自ら〈探偵〉となることを志願する。正体不明の告発者は、過去に広沢とよほどの深交を結んだ人物のはずだろう。広沢の故郷である愛媛県の海沿いの町に向かった深瀬は、亡き友の人生を溯って調査を進めるのだ。広沢の死により重大な責任があるのは自分以外の三人だと見ている深瀬にとって、告発者探しよりもむしろ大事なのは広沢もまた自分のことを親友と思ってくれていたかどうか。自己肯定感が低く、学校の集団生活のなかで常に卑屈な感情を押し隠しながら青少年期を過ごした深瀬にとって、〈親友〉たる広沢の存在はその死の謎を追及するうち、ますます大きくなるばかり。男が同性に対して抱く嫉妬心や劣等感を容赦なく暴き立てて、作者の筆は冴えを見せる。『リバース』は、ことに男性読者の心をざわつかせてやまないイヤミスなのである。

それにしても、本書を読んでいる最中、読者の心に引っ掛かるのは広沢由樹という死者なのではないか。広沢が〝気は優しくて力持ち〟を地で行くような好青年だったのはまちがいない。しかし、同時に彼が、どこか捉《とら》えどころのない人物であることもまた確かだからだ。広沢の死後、彼の人《にん》をなお知りたい気持ちを抑えられないのは深瀬だけではなかった。広沢とは高校時代から親交のあった「地味なヤツ」にせよ、また大学のゼミ仲間には存在を知らせていなかった恋人にせよ、果たして広沢という人物を本当に理解していたかどうかわからなくなっていたのである。

だから、広沢が大学卒業後に「一年間、外国に旅に出たい」などと郷里の父にモラトリアムの延長を願い出ていたのは象徴的だ。一見、広沢は老成した人物のようだが、実際は五人のゼミ仲間のなかでも一番大人になりたくないと思っていたのかもしれない。奇妙なくらい無垢《イノセンス》な印象を受ける広沢の人物造形について、作者の湊は先のインタビューのなかで「広沢くんは〈鏡〉であったらいい。登場人物は、広沢くんについて語っているようで、そのじつ広沢くんに映った自分自身のことを語っている。そのためには、あまり色がつきすぎている人物ではいけない」と狙いを明かしていた。

広沢由樹は〈鏡〉のような人物だ。〈鏡〉であるなら、彼と向き合う人は孤独を感じるだろう。本書『リバース』の小説としての魅力を、広沢という人物が多く担っていることは確かである。小説なるものもまた、それを一人きりでひもとく、われわれ読者にとっての〈鏡〉にほかならない。読者は——本書の場合、ことに男性読者は——主人公深瀬の私立探偵めく行動に接しながら、自身の自己愛《ナルシシズム》の幻想とも否応なく向き合うことになる。

——さて。これより先、どうしても結末部に踏み込んで、解説の筆をもうすこし進めたい。**湊かなえが、第一に読者を気持ち良く騙《だま》すため練り上げた小説本編を未読の向きは、うかつに以下の文章に目をとおされぬよう、くれぐれもご注意を。**

＊

最後の最後、ついに主人公の深瀬は自分こそ広沢殺しの〈実行犯〉にほかならなかったことに気づく。作者の湊に事前に与えられた〝お題〟とは、『主人公がじつは真犯人で、しかしそのことに当人が気づくのは最後の場面』という難物だったのだ。一人称の語り手が犯人だった作例は、古今ミステリー史上、枚挙にいとまがない。

が、『リバース』のように三人称の視点人物を犯人にする手筋は読者に対して公正《フェアネス》に記述しとおすことが格段に難しく、作例は寡少、成功例は稀《まれ》だ（ネタばらしになるので成功例は挙げられない）。危うい綱渡りに果敢に挑み、とうとうゴールに辿り着いた湊に拍手を送りたい。読者は意外すぎる犯人が最後に急浮上したのに驚き、コーヒーに蕎麦に蜂蜜と、湊がそれぞれ精妙に伏線を張りめぐらせていたことに納得するだろう。

だが、物語は犯人探しが決着してお仕舞いではない。探偵であり犯人でもあった深瀬和久の物語は、むしろこれからが本番だ。深瀬は容易ならざる秘密を新たに抱えてしまった。ひとつ前の秘密はゼミ仲間四人で共有していたのに、いまや一人きりでその重みに耐えなくてはいけない。それに、因果は逆転《リバース》し、深瀬には広沢を亡き者にする動機まで生じている。そう、美穂子を奪うため恋敵を殺したという立派な動機が――。

果たして深瀬は最後に気づいた真実まで美穂子に告白できるだろうか？　せっかく結び直された彼女との関係が今度こそ修復不能となることを恐れ、またも黙《だんま》りを決め込むか？　そのシリアスな〝選択〟を、主人公の深瀬にずっと寄り添い、広沢という〈鏡〉に己《おの》が姿を映してきた読者もまた迫られている。

本書は二〇一五年五月、小社より単行本として刊行されました。

|著者| 湊 かなえ　1973年広島県生まれ。2007年第29回小説推理新人賞を「聖職者」で受賞。'08年、受賞作が収録された『告白』を刊行。同作で週刊文春'08年ミステリーベスト10の第1位、'09年に第6回本屋大賞を受賞する。'12年、「望郷、海の星」で第65回日本推理作家協会賞短編部門を受賞。'16年には『ユートピア』で第29回山本周五郎賞を受賞。'18年『贖罪』がエドガー賞〈ペーパーバック・オリジナル部門〉にノミネートされた。その他の著書に『少女』『Nのために』『夜行観覧車』『白ゆき姫殺人事件』『母性』『望郷』『高校入試』『豆の上で眠る』『山女日記』『物語のおわり』『絶唱』『ポイズンドーター・ホーリーマザー』『未来』などがある。

リバース

湊《みなと》 かなえ

2017年3月15日第1刷発行
2025年6月10日第31刷発行

講談社文庫
定価はカバーに
表示してあります

KODANSHA

発行者——篠木和久
発行所——株式会社　講談社
東京都文京区音羽2-12-21　〒112-8001
電話　出版　(03) 5395-3510
　　　販売　(03) 5395-5817
　　　業務　(03) 5395-3615

Printed in Japan

デザイン—菊地信義
本文データ制作—講談社デジタル製作
印刷———株式会社KPSプロダクツ
製本———株式会社国宝社

ISBN978-4-06-293586-9

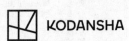

講談社文庫刊行の辞

二十一世紀の到来を目睫に望みながら、われわれはいま、人類史上かつて例を見ない巨大な転換期をむかえようとしている。

世界も、日本も、激動の予兆に対する期待とおののきを内に蔵して、未知の時代に歩み入ろうとしている。このときにあたり、創業の人野間清治の「ナショナル・エデュケイター」への志を現代に甦らせようと意図して、われわれはここに古今の文芸作品はいうまでもなく、ひろく人文・社会・自然の諸科学から東西の名著を網羅する、新しい綜合文庫の発刊を決意した。

激動の転換期はまた断絶の時代である。われわれは戦後二十五年間の出版文化のありかたへの深い反省をこめて、この断絶の時代にあえて人間的な持続を求めようとする。いたずらに浮薄な商業主義のあだ花を追い求めることなく、長期にわたって良書に生命をあたえようとつとめるところにしか、今後の出版文化の真の繁栄はあり得ないと信じるからである。

同時にわれわれはこの綜合文庫の刊行を通じて、人文・社会・自然の諸科学が、結局人間の学にほかならないことを立証しようと願っている。かつて知識とは、「汝自身を知る」ことにつきていた。現代社会の瑣末な情報の氾濫のなかから、力強い知識の源泉を掘り起し、技術文明のただなかに、生きた人間の姿を復活させること。それこそわれわれの切なる希求である。

われわれは権威に盲従せず、俗流に媚びることなく、渾然一体となって日本の「草の根」をかたちづくる若く新しい世代の人々に、心をこめてこの新しい綜合文庫をおくり届けたい。それは知識の泉であるとともに感受性のふるさとであり、もっとも有機的に組織され、社会に開かれた万人のための大学をめざしている。大方の支援と協力を衷心より切望してやまない。

一九七一年七月

野間省一

西尾維新 新本格魔法少女りすか2
西尾維新 新本格魔法少女りすか3
西尾維新 新本格魔法少女りすか4
西尾維新 人類最強の初恋
西尾維新 人類最強の純愛
西尾維新 人類最強のときめき
西尾維新 人類最強の sweetheart
西尾維新 りぽぐら！
西尾維新 悲鳴伝
西尾維新 悲痛伝
西尾維新 悲惨伝
西尾維新 悲報伝
西尾維新 悲業伝
西尾維新 悲録伝
西尾維新 悲亡伝
西尾維新 悲衛伝
西尾維新 悲球伝
西尾維新 悲終伝
西村賢太 どうで死ぬ身の一踊り

西村賢太 夢魔去りぬ
西村賢太 藤澤清造追影
西村賢太 瓦礫の死角
西川善文 ザ・ラストバンカー〈西川善文回顧録〉
西川 司 向日葵《ひまわり》のかっちゃん
西 加奈子 舞台
丹羽宇一郎 民主化する中国〈習近平がいま本当に考えていること〉
似鳥 鶏 推理大戦
貫井徳郎 新装版 修羅の終わり(上)(下)
貫井徳郎 妖奇切断譜
額賀 澪 完パケ！
A・ネルソン 「ネルソンさん、あなたは人を殺しましたか?」
法月綸太郎 法月綸太郎の冒険
法月綸太郎 新装版 密閉教室
法月綸太郎 怪盗グリフィン、絶体絶命
法月綸太郎 怪盗グリフィン対ラトウィッジ機関
法月綸太郎 キングを探せ
法月綸太郎 名探偵傑作短篇集 法月綸太郎篇
法月綸太郎 新装版 頼子のために

法月綸太郎 誰《たそ》彼《がれ》〈新装版〉
法月綸太郎 法月綸太郎の消息
法月綸太郎 雪密室〈新装版〉
乃南アサ 不発弾
乃南アサ 地のはてから(上)(下)
乃南アサ チーム・オベリベリ(上)(下)
野沢 尚 破線のマリス
野沢 尚 深紅
野村克也 宮本慎也 師弟
乗代《のりしろ》雄介《ゆうすけ》 十《じゅう》七《しち》八《はち》より
乗代雄介 本物の読書家
乗代雄介 最高の任務
乗代雄介 旅する練習
橋本 治 九十八歳になった私
原田泰治 わたしの信州
原田泰治 原田武雄 泰治が歩く〈原田泰治の物語〉
林 真理子 みんなの秘密
林 真理子 ミスキャスト
林 真理子 ミルキー

林　真理子　新装版 星に願いを
林　真理子　野心と美貌〈中年心得帳〉
林　真理子　正　妻(上)(下)〈慶喜と美賀子〉
林　真理子　大《お》原《はら》御《ご》幸《こう》〈帯に生きた家族の物語〉
林　真理子　さくら、さくら〈おとなが恋して〈新装版〉〉
林　真理子　奇　跡
林真理子／見城徹　過剰な二人
原田宗典　スメル男〈新装版〉
帚木蓬生　日　御　子(上)(下)
帚木蓬生　襲　来(上)(下)
坂東眞砂子　欲　情
畑村洋太郎　失敗学のすすめ
畑村洋太郎　失敗学実践講義〈文庫増補版〉
はやみねかおる　都会《まち》のトム&ソーヤ(1)
はやみねかおる　都会《まち》のトム&ソーヤ(2)〈乱！RUN！ラン！〉
はやみねかおる　都会《まち》のトム&ソーヤ(3)〈いつになったら作戦《ミッション》終了？〉
はやみねかおる　都会《まち》のトム&ソーヤ(4)〈四重奏《カルテット》〉
はやみねかおる　都会《まち》のトム&ソーヤ(5)〈IN《イン》塀戸《VADER》〉(上)(下)
はやみねかおる　都会《まち》のトム&ソーヤ(6)〈ぼくの家へおいで〉

はやみねかおる　都会《まち》のトム&ソーヤ(7)《怪人は夢に舞う〈理論編〉》
はやみねかおる　都会《まち》のトム&ソーヤ(8)《怪人は夢に舞う〈実践編〉》
はやみねかおる　都会《まち》のトム&ソーヤ(9)〈前夜祭《EVE》 内人《ないと》side〉
はやみねかおる　都会《まち》のトム&ソーヤ(10)〈前夜祭《EVE》 創也《そうや》side〉
半藤一利　人間であることをやめるな
半藤末利子　硝子戸のうちそと
原　武史　滝山コミューン一九七四
原　武史　最終列車
濱　嘉之　警視庁情報官〈シークレット・オフィサー〉
濱　嘉之　警視庁情報官　ハニートラップ
濱　嘉之　警視庁情報官　トリックスター
濱　嘉之　警視庁情報官　ブラックドナー
濱　嘉之　警視庁情報官　サイバージハード
濱　嘉之　警視庁情報官　ゴーストマネー
濱　嘉之　警視庁情報官　ノースブリザード
濱　嘉之　ヒトイチ　警視庁人事一課監察係
濱　嘉之　ヒトイチ　画像解析〈警視庁人事一課監察係〉
濱　嘉之　ヒトイチ　内部告発〈警視庁人事一課監察係《デカ》〉
濱　嘉之　新装版 院内刑事

濱　嘉之　新装版 院内刑事〈ブラック・メディスン〉
濱　嘉之　院内刑事〈フェイク・レセプト〉
濱　嘉之　院内刑事　ザ・パンデミック
濱　嘉之　院内刑事　シャドウ・ペイシェンツ
濱　嘉之　プライド　警官の宿命
濱　嘉之　プライド2　捜査手法
濱　嘉之　プライド3　警官の本懐
馳　星周　ラフ・アンド・タフ
畠中　恵　アイスクリン強し
畠中　恵　若様組まいる
畠中　恵　若様とロマン
葉室　麟　風渡る
葉室　麟　風の軍師〈黒田官兵衛〉
葉室　麟　星火瞬く
葉室　麟　陽《かげ》炎《ろう》の門
葉室　麟　紫　匂　う
葉室　麟　山月庵茶会記
葉室　麟　津軽双花
長谷川　卓　嶽《がく》神《じん》〈上・白《しろ》銀《がね》渡り〉〈下・湖底の黄金〉

長谷川　卓　嶽神伝《がくじんでん》　鬼哭《きこく》(上)(下)
長谷川　卓　嶽神列伝　逆渡《さかわた》り
長谷川　卓　嶽《がく》神《じん》伝《でん》　血路
長谷川　卓　嶽《がく》神《じん》伝《でん》　死地
長谷川　卓　嶽神伝　風花(上)(下)
原田マハ　夏を喪くす
原田マハ　風のマジム
原田マハ　あなたは、誰かの大切な人
畑野智美　海の見える街
畑野智美　南部芸能事務所 season5 コンビ
早見和真　東京ドーン
はあちゅう　半径5メートルの野望
はあちゅう　通りすがりのあなた
早坂　吝《やぶさか》　○○○○○○○○殺人事件
早坂　吝　虹の歯ブラシ〈上木《かみき》らいち発散〉
早坂　吝　誰も僕を裁けない
早坂　吝　双《そう》蛇《じゃ》密室
浜口倫太郎　22年目の告白〈―私が殺人犯です―〉
浜口倫太郎　廃校先生
浜口倫太郎　AI崩壊
原田伊織　明治維新という過ち〈日本を滅ぼした吉田松陰と長州テロリスト〉
原田伊織　列強の侵略を防いだ幕臣たち〈続・明治維新という過ち〉
原田伊織　虚像の西郷隆盛　虚構の明治150年〈明治維新という過ち・完結編〉
原田伊織　三流の維新　一流の江戸〈明治は「徳川近代」の模倣に過ぎない〉
葉真中《はまなか》　顕《あき》　ブラック・ドッグ
原　雄一　宿命〈國松警察庁長官を狙撃した男・捜査完結〉
濱野京子　with《ウィズ》 you《ユー》
橋爪駿輝　スクロール
パリュスあや子　隣人X
パリュスあや子　燃える息
平岩弓枝　花嫁の日
平岩弓枝　はやぶさ新八御用旅(一)〈東海道五十三次〉
平岩弓枝　はやぶさ新八御用旅(二)〈中仙道六十九次〉
平岩弓枝　はやぶさ新八御用旅(三)〈日光例幣使道の殺人〉
平岩弓枝　はやぶさ新八御用旅(四)〈北前船の事件〉
平岩弓枝　はやぶさ新八御用旅(五)〈諏訪の妖狐〉
平岩弓枝　はやぶさ新八御用旅(六)〈紅花染め秘帳〉
平岩弓枝　新装版 はやぶさ新八御用帳(一)〈大奥の恋人〉
平岩弓枝　新装版 はやぶさ新八御用帳(二)〈江戸の海賊〉
平岩弓枝　新装版 はやぶさ新八御用帳(三)〈又右衛門の女房〉
平岩弓枝　新装版 はやぶさ新八御用帳(四)〈鬼勘の娘〉
平岩弓枝　新装版 はやぶさ新八御用帳(五)〈御守殿おたき〉
平岩弓枝　新装版 はやぶさ新八御用帳(六)〈春月の雛〉
平岩弓枝　新装版 はやぶさ新八御用帳(七)〈寒椿の寺〉
平岩弓枝　新装版 はやぶさ新八御用帳(八)〈春怨　根津権現〉
平岩弓枝　新装版 はやぶさ新八御用帳(九)〈王子稲荷の女〉
平岩弓枝　新装版 はやぶさ新八御用帳(十)〈幽霊屋敷の女〉
東野圭吾　放課後
東野圭吾　卒業
東野圭吾　学生街の殺人
東野圭吾　魔球
東野圭吾　眠りの森
東野圭吾　宿命
東野圭吾　変身
東野圭吾　天使の耳
東野圭吾　ある閉ざされた雪の山荘で
東野圭吾　同級生

講談社文庫 目録

講談社文庫 目録

講談社文庫　目録

宮部みゆき　ステップファザー・ステップ〈新装版〉
宮子あずさ　看護婦が見つめた人間が死ぬということ
宮本昌孝　家康、死す(上)(下)
三津田信三　忌《い》館《かん》〈ホラー作家の棲む家〉
三津田信三　作者不詳〈ミステリ作家の読む本〉(上)(下)
三津田信三　蛇《じゃ》棺《かん》葬《そう》
三津田信三　百《ひゃく》蛇《じゃ》堂《どう》〈怪談作家の語る話〉
三津田信三　厭魅《まじもの》の如き憑くもの
三津田信三　凶鳥《まがとり》の如き忌むもの
三津田信三　首無《くびなし》の如き祟るもの
三津田信三　山魔《やまんま》の如き嗤《わら》うもの
三津田信三　水魑《みづち》の如き沈むもの
三津田信三　密室《ひめむろ》の如き籠《こも》るもの
三津田信三　生霊《いきだま》の如き重《だぶ》るもの
三津田信三　幽女《ゆうじょ》の如き怨むもの
三津田信三　碆霊《はえだま》の如き祀るもの
三津田信三　魔偶《まぐう》の如き齎《もたら》すもの
三津田信三　忌名《いな》の如き贄《にえ》るもの
三津田信三　シェルター　終末の殺人
三津田信三　ついてくるもの
三津田信三　誰かの家
三津田信三　忌《い》物《ぶつ》堂《どう》鬼《き》談《だん》
道尾秀介　カラスの親指〈by rule of CROW's thumb〉
道尾秀介　カエルの小指〈a murder of crows〉
道尾秀介　水の柩
深《み》木《き》章《あき》子《こ》　鬼畜の家
湊かなえ　リバース
宮内悠介　彼女がエスパーだったころ
宮内悠介　偶然の聖地
宮乃《みやの》崎桜子《さきさくらこ》　綺《き》羅《ら》の皇《ひめ》女《みこ》(1)
宮乃崎桜子　綺羅の皇女(2)
三國青葉　損料屋見鬼《けんき》控え　1
三國青葉　損料屋見鬼控え　2
三國青葉　損料屋見鬼控え　3
三國青葉　福　猫　屋〈お佐和のねこだすけ〉
三國青葉　福　猫　屋〈お佐和のねこかし〉
三國青葉　福　猫　屋〈お佐和のねこわずらい〉
三國青葉　母上は別《べっ》式《しき》女《め》
三國青葉　母上は別式女　2
宮西真冬　誰かが見ている
宮西真冬　首　の　鎖
宮西真冬　友　達　未　遂
宮西真冬　毎日世界が生きづらい
南　杏子　希望のステージ
嶺里俊介　だいたい本当の奇妙な話
嶺里俊介　ちょっと奇妙な怖い話
溝口　敦　喰うか喰われるか〈私の山口組体験〉
三谷幸喜 松野大介　三谷幸喜　創作を語る
三嶋龍朗 協力 小泉徳宏　小説　父と僕の終わらない歌
村上　龍　愛と幻想のファシズム(上)(下)
村上　龍　村上龍料理小説集
村上　龍　新装版　限りなく透明に近いブルー
村上　龍　新装版　コインロッカー・ベイビーズ
村上　龍　歌うクジラ(上)(下)
向田邦子　新装版　眠　る　盃
向田邦子　新装版　夜中の薔薇
村上春樹　風の歌を聴け

2025年3月14日現在